10대에 작가가 되고 싶은 나,
어떻게 할까?

10대에

작가가 되고 싶은 나,

어떻게 할까?

김은재 지음

소설, 웹소설, 시나리오, 동화 창작의
아이디어 발상부터 투고까지

STEP BY STEP

오유아이 Oui

누구나 마음 가볍게 글쓰기를 시작하도록 돕겠습니다!

이 책을 펼친 여러분은 아마 작가의 꿈을 가지고 있을 거예요. 10대에 작가가 되기로 결심한 여러분, 정말 멋지고 대단합니다! 지금 당장 환상적인 이야기를 쓰지 못해도 괜찮아요. 글을 쓰기로 마음먹은 것만으로도 작가의 길로 들어선 셈이니까요.

저도 10대 때부터 작가가 되는 꿈을 꾸었어요. 하지만 어떻게 창작을 해야 할지 몰라 꿈을 밀쳐 두기만 했답니다. 그러다 37살이 되어서야 작가가 될 수 있었어요. 운이 좋게 처음 쓴 작품으로 등단을 하기는 했지만, 여전히 창작에 대해 모르는 게 많았어요. '시놉시스'라는 말도 몰랐고, 기승전결을 작품에 적용하는 데도 서툴렀답니다. 캐릭터 만드는 법, 플롯 짜는 법, 장편 쓰는 법, 문장 잘 쓰는 법 등이 정말 궁금했어요. 그래서 2년간 직장을 쉬면서 스토리텔링 공부에 몰입했지요. 그러면서 열심히 공부하면 창작 실력도 는다는 걸 알게 되었어요. 이 책에는 제가 창작 공부를 하면서 알고 싶었던 모든 것이 담겨 있답니다. 요즘엔 창작뿐 아니라 마케팅, 광고, 관광 산업에서도 스토리텔링 기법이 쓰이고 있죠. 재미있는 스토리텔링을 쓰고 싶다면 누구라도 이 책을 참고서처럼 자주 펼쳐 보며 써도 좋겠습니다.

작가로 산다는 건 얼마나 즐거운 일인지 몰라요. 자기가 만든 세계에서 자기가 만든 등장인물들이 살아 숨 쉬는 이야기를 창조해 내는 것 자체가 큰 기쁨입니다. 원고를 다 쓰고 마침표를 찍을 때의 기분이란 정말 세상을 다 가진 것 같은 황홀감을 줍니다.

여러분 머릿속에 쓰고 싶은 이야기가 맴도나요? 사람들의 마음에 오래 남는 이야기, 일상의 고단함을 녹여 줄 수 있는 이야기, 두고두고 사람들에게 힘이 되는 이야기를 써 보고 싶지 않나요? 저는 여러분이 그런 이야기를 쓸 수 있다고 믿습니다. 그러니 자기 자신을 믿고, 창작에 도전해 보세요. 이 책이 여러분에게 분명 좋은 길라잡이가 되어 줄 것입니다.

※ 창작의 이해를 돕기 위해 제 작품 〈누가 뭐래도 내 길을 갈래〉(2018년, 사계절)와 영화 〈해리 포터〉, 〈겨울왕국 2〉를 비롯하여 여러 작품을 예로 들었습니다. 스포일러가 될 수 있는 내용이 있지만, 창작을 익히기 위한 과정이라 생각하고 양해해 주시기 바랍니다.

차례

5장. 플롯으로 글 뼈대 잡기 STEP BY STEP

6장. 매력적인 캐릭터 만들기 STEP BY STEP

1장

작가로 살아도 괜찮을까?

강연을 다니다 보면 자신의 시나리오 노트나 창작 공책을 가져와 보여 주는 학생들을 자주 만난다. 친구들과 글쓰기 모임을 하고 있다고 말하는 학생들도 있다. 전업 작가가 꿈이라면서 벌써부터 습작을 열심히 하는 중학생을 만난 적도 있다. 모두 작가의 꿈을 소중히 품고 있는 아이들이다. 하지만 이들의 열정과는 달리, 학부모를 대상으로 하는 강연에 나가 보면 확연한 온도 차이를 느낄 수 있다.

"우리 아들이 하라는 공부는 안 하고 판타지 소설만 쓰고 있어요. 작가는 먹고살기 힘든 직업 아닌가요?"

"우리 딸이 애니메이션 스토리 작가가 되겠대요. 저는 돈 많이 버는 직업을 가지라며 반대하고 있어요."

작가를 꿈꾸는 자녀들의 앞날을 걱정하며 털어놓는 이야기다.

작가는 먹고살기 힘들다는 말은 옛말

나는 부모님들에게 이런 말을 들려준다. ‘작가가 되면 먹고살기 힘들다는 말도 옛말’이라고 말이다. 지금은 문화 콘텐츠 시장이 어마어마한 규모로 커졌다.

한국콘텐츠진흥원에 따르면 2018년 웹툰 시장 규모가 1조 원을 넘었고, 웹소설 규모는 4000억 원을 넘었다. 꼭 웹소설과 웹툰만의 이야기도 아니다. 순문학 중에도 영화나 뮤지컬로 만들어지는 작품들이 꽤 있다. 청소년 소설 〈우아한 거짓말〉과 〈완득이〉는 영화화되었고, 〈시간을 파는 상점〉은 뮤지컬로 만들어졌다. 하나의 콘텐츠를 다양한 분야에 적용하는 ‘OSMU one source multi use’ 전략은 이제 흔한 이야기가 되었다.

하지만 꼭 이렇게 상업적인 성공을 거두어야만 작가로서 보람을 느낄 수 있는 건 아니다. 사람은 누구나 자기가 가야 할 길이 있는 법이다. 이제 막 사춘기에 접어든 내 아들은 쉬지 않고 손을 움직인다. 아무도 시키지 않지만 자기 혼자 무언가를 열심히 만든다. 아들은 자연스레 엔지니어의 길을 걷게 될 거라 생각한다. 아들 친구 중 한 명은 하루 종일 몸을 계속 움직이며 운동을 한다. 이 아이는 나중에 운동 쪽으로 진로를 정할 것이다.

작가를 희망하는 여러분도 마찬가지다. 그게 자기 길이면 그 길을 가야 한다. 꿈에 이유는 없다. 하고 싶으면 하는 것이다. 주변의 반대에 부딪혀 꿈을 접으면, 먼 길 돌아 언젠가는 다시 그 꿈을 찾게 된다. 그럴 바에야 지금부터 자기가 하고 싶은 일을 잘하도록 스스로 그 꿈을 키워 나가는 게 낫지 않을까?

작가가 되려면 무엇을 준비해야 할까?

작가가 되기 위해 여러분 나이 때에 무엇을 준비해 두면 좋을까?

그래도 독서!

의사가 되려고 해도, 건축가가 되려고 해도 긴 시간 공부를 해야 한다. 작가도 마찬가지다. 공부가 필요하다. 머릿속에 아무리 영감이 떠오른다고 해도 처음부터 멋진 작품을 쓸 수 있는 건 아니다. 작품의 틀에 대한 공부, 인간에 대한 공부, 문장 공부 등 공부할 것이 많다. 이 공부를 자연스럽게 할 수 있는 방법이 독서다.

작가로 활동하는 이들 중에 독서광 아닌 사람은 없다. 나 역시 어릴 때부터 독서가 취미였다. 책이라면 가리지 않고 읽었다. 집에 있는 여러 분야의 전집류를 읽고 또 읽었다. 방학 때면 유일하게 참가한 캠프가 바로 동네 도서관에서 여는 독서 캠프였다. 대학에 다닐 때는 〈토지〉, 〈아리랑〉, 〈혼불〉 같은 열 권도 넘는 시리즈 책을 읽었다. 그러다 보니 어느 순간 자연스럽게 '나도 소설 한번 써 볼까?'라는 생각이 들었다. 무엇이든 쏟아붓는 양이 압도적으로 많아지면, 어느 순간 저절로 흘러넘치는 것 같다. 그렇게 나는 37살에 작가로 등단하게 되었다.

글감 찾기 훈련에 나서자!

작가가 되려면 당연히 쓰고 싶은 이야기가 있어야 한다. 이럴 때 가장 쉽게 글감을 찾을 수 있는 곳이 바로 신문이다. 종이 신문이 글감 찾기에는 가장 좋지만, 여의치 않다면 온라인 신문 한 군데를 정하여 며칠에 한 번이라도 살펴보면 어떨까? 그 가운데 글감이 될 만한 기사를 발견하면 메모해 놓는다. 신문은 지금 우리가 살고 있는 사회에서 일어나는 중요한 문제를 다루고, 가까운 미래에 대한 대안을 모색하는 기사를 싣는다. 따라서 책과는 다른 의미에서 견문을 넓히는 데 아주 유용하다.

강의나 세미나 공부도 빼놓을 수 없다. 공상 과학 소설 강좌, 웹소설 강좌, 구비 문학 세미나, 추리 소설 세미나, 옛이야기 강좌 등이 곳곳에서 수시로 열린다. 많은 작가들이 이런 곳에 다니며 새로운 이야기를 찾는다.

필요하다면 취재와 인터뷰도 해야 한다. 윤태호 작가가 웹툰 〈미생〉을 그릴 때 회사에서 일어나는 에피소드를 알아내기 위해 실제 회사에서 살다시피 지내며 취재한 이야기는 유명하다. 나도 알고 싶은 분야가 있으면 그 분야 종사자를 물색해서 주저 없이 연락하는 편이다. 이때 먼저 인터뷰 질문지를 꼼꼼하게 만들어서 인터뷰할 대상에게 보낸다. 인터뷰할 대상이 미리 답변을 생각할 수 있게 하는 것이 중요하다.

박물관, 음악회, 전시회에서도 영감이 떠오를 수 있다. 비교적 큰돈을 들이지 않고 즐길 수 있는 곳을 찾아다니기를 권한다. 영화나 드라마를 보다가 번뜩이는 아이디어가 떠오를 수도 있다.

또는 친구나 가족과 이야기를 나누다가 영감이 떠오를 수도 있다. 그럴 때는 휴대폰 메모장이나 작은 수첩에 아이디어를 모두 기록하는 게 좋다. 20살이 되면 돈을 모아 여러 나라를 여행해 보는 것도 추천한다. 생생한 경험은 글을 생동감 있게 만든다.

책상에 가만히 앉아 머릿속으로만 이야기를 생각하기보다는 적극적으로 글감을 찾아보자. 그런 사람에게 작품을 쓸 수 있는 영감이 샘솟고, 참신한 글감이 눈에 띌 것이다.

작가와 병행할 수 있는 직업을 준비한다

전업 작가가 되려면 사람에 따라서 긴 훈련 기간이 필요할 수 있다. 내 주변 작가들을 살펴보면, 하루 종일 창작 공부에 전념한다고 봤을 때 평균 3년은 되어야 등단을 하거나 책을 내는 것을 볼 수 있었다. 그런 다음에도 인세로만 먹고사는 작가가 되려면 실력이 탄탄하게 다져질 시간이 필요하다. 그러므로 작가와 병행할 수 있는 일을 염두에 두고 진로를 정하는 게 좋다. 작가들 중에는 출판사에서 편집자로 일하거나 교사, 학원 강사, 독서 지도사, 사서, 기업 사보 제작자 등을 주 직업으로 삼고 있는 경우가 많다. 그러고 나서 남는 시간을 쪼개어 글을 쓴다.

웹소설 〈김비서가 왜 그럴까〉를 쓴 정경윤 작가는 약사면서 주부다. 새벽 4시에 일어나 7시 반까지 글을 쓰고, 그다음에 주부와 약사로서 일을 했다고 한다. 작가를 꿈꾼다면 처음에는 이런 자세가 필요하다. 나 역시 새벽 5시에 일어나 글을 쓰고 학교로 출근한 날이 많았다. 글 쓰는 실력이 쌓일 때까지 병행할 수 있는 일을 찾는 것은 꼭 필요하다.

작가가 되려면 국문과나 문예창작과, 애니메이션과를 가야 할까?

결론부터 말하자면 작가가 되기 위해 꼭 국문과나 문예창작과, 애니메이션과를 갈 필요는 없다. 작가는 자기 삶에서 우러나오는 경험과 내면의 이야기를 풀어 쓰는 사람이다. 대학을 나왔든 안 나왔든, 무슨 과를 전공했든 개성 있고 좋은 이야기를 써내면 된다. 작가 중에는 고등학교만 졸업하고도 세계적인 그림책상을 받은 사람도 있다. 대학에서 생물학이나 화학공학 같은 창작과 거리가 먼 듯한 학문을 전공한 작가들도 있다.

물론 국문과나 문예창작과, 애니메이션과를 선택하면 좋은 점이 있다. 일찌감치 글쓰기나 웹툰에 매진하여 남들보다 빨리 창작에 전념할 수 있다는 점이다. 그러나 작가가 되는 데 가장 중요한 것은 경험을 많이 쌓고, 세상을 바라보는 자기만의 견해를 가지는 일이다. 언제 시작해도 늦지 않은 게 작가가 되는 일이다. 지금부터 시작한다면 그게 가장 빠른 시기라는 말이다.

작가로 살겠다는 용기를 가지는 순간, 작가가 되는 것!

가슴속에 이야기가 흘러넘치는 사람은 작가로 살아가야 한다. 어쩌면 전공보다 더 중요한 게 작가로 살아가겠다는 용기를 가지는 일이다.

나는 대학에서 영어영문학과 국어국문학을 전공했다. 문학이 주는 즐거움에 빠져 20대 초반을 보냈다. 하지만 작가로 살아갈 자신이 없었고, 작가가 되는 방법도 몰랐다. 친구들이 다 직장에 나가니까 나도 당연히 회사를 다녀야 하는 줄 알고 무턱대고 취직을 했지만, 적성에 맞지 않아 괴로워하다 그만두었다. 가고 싶은 대학에 가기 위해 노력하고, 남들이 취직할 때 똑같이 취직하는 것도 중요한 일일 수 있다. 하지만 꼭 남들처럼 살 필요는 없다. '나답게' 사는 것이 가장 좋은 길이라는 걸 나는 35살에야 깨달았다. '누가 뭐래도 나답게 살겠다'는 다짐을 하고 그때부터 책을 닥치는 대로 읽었다. 그러면서 작가가 되겠다는 목표가 생겼다. 책을 더욱 깊이 있게 읽게 되었고, 공모전도 알아보기 시작했다. 그러다 보니 어느 날 작가로 등단하게 되었다.

작가의 꿈은 바로 작가가 되겠다는 다짐에서부터 출발한다. 그런 다음 작가가 되기 위한 실력을 쌓으면 된다. 실력을 쌓을 수 있는 방법은 다음 장에서 소개하겠다. 여러분이 창작을 할 때 이 책에서 알게 된 지식이 적잖이 도움이 될 거라 확신한다.

작가로 가는 길에 작은 발걸음을 뗀 여러분을 따뜻한 마음으로 격려한다.

2장

글 쓰기 전 알아 두면 꿀팁 되는

5가지 체크 사항

본격적인 창작 활동에 들어가기 전에 꼭 체크해야 할 사항이 5가지 있다. 이 체크 사항들은 앞으로 여러분이 구상할 플롯이나 캐릭터와도 긴밀하게 연결된다. 작품이 나아갈 방향을 분명히 알 수 있어서 글 쓰는 시간도 절약해 줄 것이다.

글을 쓰기 전에 이 5가지를 잘 생각해 보자.

먹방만큼 강렬한 극적 질문이 있나?

나이 오십이 다 되어 가는 선배가 유튜브 먹방을 본다고 했다. 그 선배가 먹방을 보는 이유는 딱 하나! '몸집이 작은 저 여자가 정말 저렇게 많은 음식을 다 먹을 수 있을까?' 그게 궁금해서다.

그걸 지켜보기 위해 먹방을 끝까지 본다고 했다. 이런 것이 바로 '극적 질문'이다.

작품에도 이런 극적 질문이 필요하다. 우리 뇌는 단순하다. 누군가 질문을 하면 본능적으로 답을 찾으려고 한다. 이야기를 시작할 때 독자나 관객에게 질문을 던지면, 사람들은 그 결말이 궁금해서 끝까지 본다. 가장 대표적인 장르가 미스터리다. '그래서 결국 범인은 누군가?' 그걸 알려고 끝까지 작품을 본다.

영화 〈엑시트〉는 '주인공이 독가스를 피해 탈출할 수 있을까?', 영화 〈극한직업〉은 '해체 위기 마약 검거반 형사들이 닭만 잡지 않고 범인들도 잡을 수 있을까?', 소설 〈헝거 게임〉은 '주인공 캣니스가 게임 참가자 중 단 한 명만 살아남는 헝거 게임에서 죽지 않고 살아남아 다시 가족의 품으로 돌아갈 수 있을까?'라는 극적 질문을 관객에게 던진다.

극적 질문은 한 작품에서 여러 개가 될 수도 있다. 영화 〈겨울왕국 2〉의 주요 극적 질문은 '자매는 위기에 놓인 아렌델 왕국을 구할 수 있을까?'이다. 그렇지만 나는 또 다른 극적 질문에도 관심이 일었다. '도대체 크리스토프는 언제 안나에게 청혼할 것인가? 영화 끝나기 전에는 가능할까?' 이런 호기심을 안고 영화를 보았다.

이처럼 독자들로 하여금 내 작품이 던지는 극적 질문에 호기심을 갖게 해야 한다.

주인공에게는 어떤 결핍이 있나?

주인공에게 어떤 결핍이 있는지를 늘 염두에 두고 글을 써 나가면 독자에게 재미와 감동, 카타르시스를 선사할 수 있다.

주인공이 갖추어야 할 가장 중요한 요소는 감정이입이 가능한 인물이 되어야 한다는 것이다. 사람들은 너무 완벽한 사람에게는 감정이입을 하지 못한다. 그래서 사람들이 좋아하는 이야기에 유난히 고아 설정이 많다.

소설 〈빨간 머리 앤〉의 주인공 앤은 어릴 적에 부모를 잃고 여러 집을 전전하며 지내다 고아원에 온 불쌍한 여자아이이다. 게다가 남자아이를 원하는 집에 잘못 입양되었다. 앤은 자신의 외모에도 콤플렉스가 있다. 그런 앤이 매슈와 마릴라 남매 집에서 사랑과 보살핌을 받으며 좌충우돌 성장해 가는 이야기는 독자들의 큰 사랑을 받았다. 영화 〈해리 포터와 마법사의 돌〉의 주인공 해리 포터도 고아다. 이모네 집에서 온갖 구박을 받으며 살아간다.

자원이 없는 것도 결핍이다. 영화 〈명량〉에서 이순신 장군에게 남은 배는 12척밖에 없다. 왜군의 배 330척이 몰려오고 있는 상황이다. 역사가 스포일러인 바람에 관객들이 싸움의 결과를 이미 알고 있지만 그걸 지켜보면서 마음이 조마조마해지며 몰입하게 된다.

가난 역시 결핍이다. 영화 〈찰리와 초콜릿 공장〉에서 찰리는 가난해서 황금 티켓이 든 초콜릿을 살 돈이 없다. 꿈이 있지만 이루지 못하는 것 역시 결핍이다. 영화 〈라라랜드〉는 주인공 미아가 오디션에 떨어져 눈물을 흘리는 장면으로 시작된다.

꼭 이렇게 거창한 결핍이 아니어도 된다. 좋아하는 사람에게 용기가 없어 고백하지 못하는 것이나, 이번에는 시험을 잘 봐서 부모님에게 인정을 받고 싶었는데 또 시험을 망친 것 따위도 주인공의 결핍이 될 수 있다. 재미있고 감동적인 이야기란 불완전한 인간이 자신의 한계를 극복하려 고군분투하며, 그 결핍을 해결해 나가는 것이다. 그러니 글을 쓰기 전에 내 주인공에게는 어떤 결핍을 부여할 것인가를 먼저 생각해야 한다.

사건들이 쫀쫀하게 잘 연결되어 있나?

고대 그리스 철학자 아리스토텔레스(기원전 384~322)는 《시학》에서 작품에 에피소드만 나열되어 있으면 안 된다고 했다. 반드시 앞 사건이 뒤 사건에 연결되는 인과 관계가 있어야 한다는 것이다.

그러면 내 이야기가 에피소드의 나열인지, 인과 관계에 의한 사건인지 어떻게 확인할 수 있을까? 에피소드 하나를 지워 보자. 그 에피소드가 없어도 작품이 무리 없이 전개된다면, 그것은 의

미 없는 사건일 뿐이다. 그러니 거침없이 지워도 된다. 에피소드 하나를 지우니까 사건 전개가 안 된다면? 그건 인과 관계에 따른 사건이 맞다.

동화 〈도둑왕 아모세〉는 고대 이집트의 소년 도둑 아모세가 친구들과 함께 사라진 보물을 찾아 나서는 모험담이다. 아모세와 친구들은 투탕카멘 무덤에서 보물 '호루스의 눈'을 훔쳤다는 누명을 쓰고 쫓긴다. 그 사이 투탕카멘의 무덤에 호루스의 눈이 돌아온다. 아모세는 누명도 벗고, 부모의 죽음에 얽힌 비밀도 밝히기 위해 투탕카멘의 무덤에 들어간다. 아모세는 호루스의 눈이 가짜라는 사실을 알게 된다. 아모세 일행은 시간을 지체하는 바람에 수비꾼들에게 들킨다. 도망치다가 아모세 일행 중 한 명이 엉덩이에 창을 맞는다. 아모세는 상처를 치료해 주려고 약방을 찾고, 그 약방에서 분수의 원리를 깨우친다. 분수의 원리를 통해 호루스의 눈의 비밀에 한 걸음 다가간다.

이 모든 사건은 연결되어 있다. 만약 아모세 일행이 들키지 않았다면? 일행 중 한 명이 엉덩이에 창을 맞는 일도 없었을 것이다. 그러면 약방에 들를 일도 없었을 것이고, 투탕카멘 무덤의 호루스의 눈이 분수와 관련 있다는 사실도 알지 못했을 것이다.

어느 한 사건이라도 빠지면 이야기가 전개되지 않는다. 작품에서는 사건을 이런 식으로 쫀쫀하게 연결해야 한다.

주인공을 방해하는 악당이 등장하는가?

주인공이 무언가를 이루려고 할 때, 반드시 그보다 더 힘센 상대가 나타나 이를 제지하고 갈등을 만들어야 한다.

한 학생이 자기가 쓸 이야기라면서 한 줄로 써서 내게 들려주었다. '어떤 사람에게 초능력이 생겨서 세상 사람들의 소원을 다 들어주는 아름다운 이야기'라고 말이다. 만약 그대로 이야기를 쓴다면 미담 수필에 지나지 않을 것이다.

〈해리 포터〉 시리즈에는 마법 세계의 평화를 위협하는 사악한 마법사 볼드모트가 나오고, 영화 〈어벤져스〉에는 외계 타이탄족의 우두머리 타노스가 나온다. 타노스는 우주의 균형을 맞춘다며 여러 외계 행성 종족들을 학살했고, 지구인도 절반이나 없앨 계획을 가진 악당이다. 드라마 〈킹덤〉의 주인공은 세자 이창이다. 이창은 정치적 지지 기반이 하나도 없고 세상 물정도 모르는 나약한 인물이다. 반면, 이창의 반대 세력은 정치 권력을 손아귀에 쥐고 있는 영의정 조학주다. 조학주는 성격이 잔인하며 권모술수에 능한 외척 세력이다.

주인공이 의지를 가지고 무슨 일을 하려 하지만 반대 세력을 이기는 과정이 만만치 않을 때 독자들은 더욱 흥미를 느낀다. 주인공이 악당을 도저히 이겨 낼 수 없을 것처럼 만들면 어떨까? 악당이 주인공을 몰아붙이는 것은 재미있는 이야기 공식 중 하나다. 주인공의 의지를 꺾을 만한 강력한 악당, 즉 주인공을 압도할 만한 힘과 세력을 가진 악당을 만들어 보자. 이야기가 몇 배는 재미있어질 것이다.

이야기에 담고 싶은 주제는 무엇이며, 그에 맞서는 주제는 무엇인가?

작가는 자신의 이야기를 통해 어떤 주제를 독자들에게 전달하고 싶은지를 정해야 한다. 성공한 작품의 주제 중에 '현실에 순응하지 말고 도전하자!'가 있다. 만약 전달하고 싶은 주제가 이것이라고 해도 등장인물들이 이 주제에 부합하는 행동을 하는 이야기만 쓰면 공익 광고가 되고 만다. 등장인물들이 다음과 같은 두 가지 선택 사이에서 치열하게 고민하는 이야기를 써야 한다.

'순응할 것인가? 아니면, 도전할 것인가?'

영화 〈매트릭스〉는 인공지능 컴퓨터가 인간들을 배터리로 쓰려고 배양하는 2199년의 미래 세계를 배경으로 한다. 이 영화에서는 매트릭스 시스템을 인지하지 못하고 가상 세계를 살아가는 사람들과 이 시스템을 인지하고 진짜 현실을 살아가는 사람들이 함께 나온다. 진짜 현실을 사는 사람들 중에도 가상 세계를 거부하지 않는 사람이 있다. 사이퍼가 바로 그런 사람이다. 사이퍼는 이 시스템에 순응하여 다시 매트릭스 시스템 안으로 돌아가려고 한다. 그리하여 사이퍼는 자유를 추구하는 사람들을 배신한다. 주인공 네오는 고민 끝에 기존 질서에 도전하는 편에 서서, 기계에 대한 반란을 일으킨다.

영화 〈쇼생크 탈출〉도 이 같은 주제를 잘 보여 준다. 배경은 미국 쇼생크 주립 교도소다. 주인공 레드는 자유를 두려워하고, 교도소 안의 생활에 순응하며 산다. 수십 년을 감옥 안에서만 생활하다 보니 사회에 대한 두려움이 쌓였기 때문이다. 반면, 또 다른 주인공 앤디는 끝없이 자유를 꿈꾼다. 두 사람은 친구 사이지만, 이 부분에서만큼은 분명한 태도 차이를 보인다.

이처럼 내가 쓰고자 하는 주제만 드러나게 쓰지 않도록 한다. 내 이야기가 재미있으려면 반드시 '작용-반작용'의 법칙이 있어야 한다. 작가가 말하고자 하는 주제와 반대되는 주제가 줄다리기처럼 팽팽하게 대립해야 설득력이 있다. 그러면 이야기를 접하는 사람들도 같은 고민에 빠진다. '나라면 어떤 선택을 할까?' 이때, 작가는 주인공으로 하여금 두 선택지 중 하나를 선택하게 한다. 그 선택을 통해 작가의 가치관이 드러나게 한다.

3장

시놉시스와 트리트먼트로 글 개요 짜기

STEP BY STEP

창작에서 시놉시스와 트리트먼트는 건물의 설계도와 같은 역할을 한다. 보통 처음 작품을 쓰는 사람은 개요를 짜기보다는 머릿속에 떠오르는 대로 쓰기 마련이다. 대사 하나, 장면 하나에 꽂혀 마치 신들린 듯 써 내려가곤 한다. 이는 건물을 지을 때 집터에 무작정 벽돌을 쌓아 올리는 것과 같다. 그러나 곧 그다음 벽돌을 어떻게 쌓아야 할지 몰라 방황하다가 건물 짓기를 포기하는 순간을 맞을 수도 있다.

자기가 원하는 건물을 지으려면 설계도를 잘 그려야 한다. 시간이 걸리더라도 설계도 그리는 데에 정성을 쏟는다면, 그 설계도대로 건물 짓는 것은 그리 어려운 일이 아니다. 초보 작가라면 더더욱 머리에 떠오르는 발상을 무턱대고 글로 옮기기보다는 시놉시스와 트리트먼트부터 써 보자.

시놉시스, 원고를 소개하는 기획서

시놉시스synopsis란 A4 용지 한두 장으로 내 작품이 어떤 이야기인지 정리하여 보여 주는 기획안을 말한다. 여기에 들어갈 사항은 분야, 제목, 로그라인, 등장인물 소개, 기승전결(간단한 줄거리), 차례, 작가 소개 등이다.

시놉시스는 왜 써야 할까?

작가 자신을 위해 쓴다

작가는 자신이 이 작품에서 하고자 하는 이야기가 무엇인지, 기승전결이 어떻게 흘러갈지, 등장인물들은 어떤 성격을 가지고 있는지 잘 알고 있어야 한다. 작품을 쓸 때는 기승전결을 완벽하게 짜 놓고, 복선과 반전까지 치밀하게 구상하고 글을 써야 한다.

편집자의 편의를 위해 쓴다

작품을 완성해 출판사에 보내는 것을 '투고'라고 한다. 요즘은 이메일로 투고하는 일이 많아 출판사 편집자들은 하루에도 수없이 많은 원고를 받는다. 편집자 입장에서 생각해 보자. 시놉시스 없이 원고지 700매에 이르는 장편 소설이나 1000매나 되는 웹소설을 받았다면? 읽을 시간이 없어 그냥 넘겨 버릴 가능성이 크다. 하지만 작품 맨 앞에 시놉시스가 있다면? 시놉시스만 읽고도 이 작품이 어떤 이야기인지 알 수 있다. 원고를 읽을지 말지 결정할 수 있다는 말이다. 그래서 출판사에 원고를 보낼 때는 시놉시스를 반드시 함께 보내야 한다.

지원 사업 및 공모전 제출용으로 쓴다

한국콘텐츠진흥원에서 주최하는 '대한민국 스토리 공모 대전'은 시놉시스 제출이 필수다. 요즘은 이처럼 공모전에서 시놉시스를 요구하기도 한다. 또 각 지역의 문화 재단, 한국출판문화산업진흥원 등에서는 원고 공모를 통해 작가에게 창작 지원금을 주는데, 이때도 기획서인 시놉시스가 반드시 필요하다.

시놉시스는 어떻게 써야 할까?

시놉시스에 들어갈 사항은 무엇이며, 어떻게 써야 할까? 여기서는 로그라인과 제목을 중심으로 살펴보고, 기승전결 쓰는 법은 4장에서, 캐릭터 쓰는 법은 6장에서 자세히 살펴보기로 하자.

로그라인

로그라인logline이란 원래 시나리오 용어로, '작품의 내용을 한 줄로 요약하는 것'을 말한다. 내가 하고자 하는 이야기를 한 줄로 요약 정리해 보자. 예를 들면, 영화 〈기생충〉은 '새로운 가족 희비극으로 보는 계층 이야기'로 요약할 수 있다. 내가 쓴 청소년 소설 〈누가 뭐래도 내 길을 갈래〉는 '청소년들, 길에서 진로 찾다.'로 요약된다. 자신이 쓰고자 하는 이야기를 딱 한 줄로 줄여 친구나 가족에게 말해 보고 반응을 살펴보자. 글벗이어도 좋고 창작을 전혀 모르는 사람이어도 좋다. 반응이 괜찮으면 본격적으로 이야기를 써도 좋다.

제목

독자들의 시선을 끄는 제목 짓는 법 몇 가지를 소개하겠다. 자신의 작품이 강조하고자 하는 것이 무엇인지에 따라 다음 7가지 방법을 참고로 제목을 지어 보자.

1. 주인공 이름

〈해리 포터〉, 〈내 이름은 삐삐 롱스타킹〉, 〈빨간 머리 앤〉, 〈톰 소여의 모험〉, 〈셜록 홈스〉, 〈마틸다〉, 〈레옹〉, 〈명탐정 몽크〉, 〈미카엘라〉

내 이야기의 캐릭터는 개성이 강한가? 캐릭터 중심으로 이야기가 전개되는가? 그렇다면 주인공 이름을 제목으로 삼아도 좋다.

2. 소재, 배경, 장르 어필

〈심야식당〉, 〈타이타닉〉, 〈백두산〉, 〈선암여고 탐정단〉

영화 〈심야식당〉에서는 한밤중에만 문을 여는 식당을 배경으로 다양한 사람들의 이야기가 펼쳐진다. 영화 〈타이타닉〉에서는 좌초되는 초호화 여객선 안에서 셰익스피어의 《로미오와 줄리엣》같은 이루어질 수 없는 사랑 이야기가 펼쳐진다. 배경과 소재가 이미 매력적이다.

영화 〈백두산〉은 '백두산 폭발'이라는 소재가 잘 드러난다. 소설 〈선암여고 탐정단〉은 배경과 장르를 잘 드러낸 제목이다. 여고에서 벌어질 만한 이야기가 추리물이 되어 나오겠다는 기대를 품게 한다.

3. 주제

〈그렇게 아버지가 된다〉, 〈비행운〉, 〈나 혼자만 레벨업〉, 〈전지적 독자 시점〉

대놓고 주제를 말하는 제목의 작품들이 있다. 영화 〈그렇게 아버지가 된다〉는 제목에서 작품의 주제가 드러난다. 단편 소설집 〈비행운〉은 비행기가 지나간 자리에 남아 있는 구름이라는 뜻과 행운이 비켜 갔다는 뜻을 함께 가진 이중적 의미의 제목이다. 소설집 전체를 아우르는 주제를 담은 제목이라고 할 수 있다. 웹소설 〈나 혼자만 레벨업〉은 제목만 봐도 주인공이 판타지 세계에서 승승장구하는 이야기라는 것을 알 수 있다.

4. 호기심 유발

〈치즈인더트랩〉, 〈쉬고 싶은 레이디〉, 〈납작이가 된 스탠리〉, 〈잘못 뽑은 반장〉

웹툰 〈치즈인더트랩Cheese in the trap〉의 뜻은 '덫 안에 놓인 치즈'다. 멋진 남자 선배가 어느 날부터 여자 주인공에게 잘해 주는데, 그가 너무 수상하다. 꼭 선배가 주인공에게 덫을 놓은 것 같다는 뜻의 제목이다. 이 작품은 미스터리한 제목과 내용 전개로 사랑을 받았다. 웹소설 〈쉬고 싶은 레이디〉 역시 독특한 제목이다. 보통 주인공이라면 애써서 무언가를 해내려고 한다. 그런데 이 작품은 제목에서부터 '쉬고 싶다'고 말한다. 과연 주인공이 잘 쉴 수 있을지 의문이 들게 하는 제목이다.

동화 〈납작이가 된 스탠리〉와 〈잘못 뽑은 반장〉도 제목에서 궁금증을 자아낸다.

5. 시의성

〈표백〉, 〈모두 깜언〉, 〈악플 전쟁〉, 〈로봇 친구 앤디〉

그 시대를 대표하는 정신이나 이슈로 떠오른 사건을 제목으로 쓰는 경우가 있다. 소설 〈표백〉에서 작가는 이미 다 짜인 사회에서 할 일이 없는 젊은이들의 무력감을 빗대 이들을 '표백 세대'라고 불렀다. 이 작품은 젊은 세대의 절망감을 잘 그려 내 큰 호평을 받았다. 아동 청소년 문학에서도 시의성 높은 작품이 주목을 받곤 한다. 청소년 소설 〈모두 깜언〉은 다문화 · 장애 · 농촌 문제 등 사회적 약자에 대한 문제를 작품 속에 잘 녹여 내 사랑을 받았다.

동화 〈악플 전쟁〉에는 주인공이 악플로 상처받는 이야기와 왕따 문제가 나와서 어린이들의 큰 공감을 얻었다. 2016년에는 이세돌과 인공지능 바둑 프로그램인 알파고 사이에 바둑 대결이 벌어져 이세돌이 연달아 지자 사람들이 큰 충격을 받았다. 그즈음 나온 동화가 〈로봇 친구 앤디〉인데, 인공지능과 로봇에 대한 관심이 동화로 이어진 것이다.

6. 숫자

〈내가 널 사랑할 수 없는 10가지 이유〉, 〈열세 번째 아이〉

우리 뇌는 두루뭉술한 이야기보다 명확한 숫자를 좋아한다. 영화 제목으로 '내가 널 사랑할 수 없는 이유'와 '내가 널 사랑할 수 없는 10가지 이유' 중 어떤 것이 더 끌리는가? 당연히 숫자가 들어간 제목일 테다. 동화 〈열세 번째 아이〉의 소재는 맞춤형 아이다. 이 동화의 주인공은 열세 번째 맞춤형 아이다. '맞춤형 아이'와 '열세 번째 아이', 어떤 제목이 더 강렬한가?

책 제목이 아니더라도 실제로 많은 책의 부제나 광고 문안에 숫자가 나온다. '100만 독자를 울린 역대 최고의 베스트셀러', '조회 수 10억 뷰에 빛나는 작품', '세계 문학상 3관왕 수상' 등등 말이다.

7. 작가의 새로운 세계관

〈메이즈 러너〉, 〈헝거 게임〉, 〈다이버전트〉, 〈트와일라잇〉, 〈기억 전달자〉, 〈멋진 신세계〉, 〈반지의 제왕〉, 〈신의 탑〉

상상력이 뛰어난 작가들은 아예 새로운 세계관을 만든다. 새로운 배경, 새로운 종족, 새로운 제국, 새로운 캐릭터, 새로운 세상의 질서를 구축한다. 이 작품들의 특징은 판타지 공간이면서도 현실을 잘 반영하고 있다는 점이다. 이 중 영 어덜트 소설(성인 독자까지 겨냥한 청소년 소설)은 재미있으면서도 등장인물의 성장을 그려 내는 문학성을 보여 준다. 또한 현실을 비판한다는 점에서 폭넓은 독자층을 형성할 수 있다.

등장인물

주인공 외에도 비중 있는 조연인 '핵심 조연'과 잠깐 나오지만 알고 있어야 하는 인물들도 소개한다.

작가 소개

수상 내역, 다른 작품 제목, 연락처, 전화번호, 메일 주소 등을 적는다. 어떤 식으로 마케팅할지를 써도 좋다.

Tip

시놉시스 예시

내 소설 〈누가 뭐래도 내 길을 갈래〉의 시놉시스를 예로 들겠다. 실제로 한 출판사 교양 소설 부문 공모전에 보냈을 때 쓴 양식이다.

〈청소년 교양 소설 공모전 시놉시스〉

1. 분야 : 청소년 소설

2. 제목(가제) : 누가 뭐래도 내 길을 갈래

3. 로그라인 : 평범한 고1 남학생 네 명이 우발적으로 가출하여, 진로 멘토들을 만나면서 꿈을 갖게 되고 성장하는 이야기

4. 등장인물

〈주연〉

전긍이(17세) : 본명 민시우. 소심하고 순응적인 인물로 항상 전전긍긍하며 살아서 별명이 전긍이. 세상에서 제일 무서운 건 엄마와 성적표. 공부를 잘하고 싶지만 전교 꼴찌에서 두 번째여서 자존감이 바닥을 치고 있다. 진로를 생각할 여유 없이 공부만 하고 있으나, 그마저 뜻대로 되지 않아 괴롭다. 외모는 비쩍 말랐다.

방정이(17세) : 본명 나힘찬. 어디로 튈지 모르는 럭비공 같은 성격. 공부는 반에서 1등을 할 정도로 잘하지만, 홀어머니는 의사가 되라고 강요하는데 본인은 웹툰 작가가 되고 싶다. 매사에 신중함이 없고, 진지하지 못하다. 외모는 통통하다. 이번 여름 방학에 일본으로 덕질 여행을 갈 꿈을 꾸고 있다.

옥토끼(17세) : 본명 옥한결. 말수가 적고 감성적이다. 래퍼가 꿈이고, 자퇴를

고려하고 있다. 갈등 상황이 오면 회피해 버리고 가끔 신경질적으로 변한다. 작은 체구에 앞니가 튀어나와 별명이 옥토끼다.

통(17세) : 본명 남준석. 성적은 전교 꼴찌지만 운동만큼은 자신 있다. 욱하는 성격에 반항을 일삼는다. 몸으로 하는 일을 하며 살고 싶고, 공부로 사람을 판단하는 학교가 너무 싫다. 근육질에 큰 키.

〈핵심 조연〉

박세영(47세) : 전긍이의 엄마. 전직 배드민턴 국가 대표 출신. 자식들 출세를 위해 노력을 아끼지 않는다.

피바다(49세) : 피정훈. 주인공 네 아이의 담임 교사. 과학 교사지만 강력계 형사 같은 눈빛과 외모를 지녔다. 아이들이 공부에 전념하게 하는 게 교사의 역할이라고 생각한다.

민빛나(16세) : 전긍이의 여동생. 오빠가 가출했을 때 돈을 보내 주는 조력자 역할을 한다.

수빈(17세) : 통의 어릴 적 친구로 지금은 아이돌 연습생이다. 통이 짝사랑하고 있는 인물이다.

송아 누나(23세) : 다혈질 성격. 래퍼, 유튜버, 업사이클링 사업 등 여러 직업을 갖고 있다. 옥토끼를 클럽 무대에 세워 준다.

〈그 밖의 인물〉

잠수함 : 김덕수. 40대 후반인 학생부장. 제자들을 엘리트로 양성하는 것을 삶의 목표로 삼고 있다.

박천호 : 방정이에게 밀려 만년 2등인 인물. 방정이를 시기하고 미워한다.

5. 기승전결

기 : 네 아이는 여름 방학을 없애 버린 학교의 처사에 반발해 우발적으로 학교를 뛰쳐나와 서울로 간다.

승 : 돈이 떨어진 아이들은 우여곡절 끝에 돈을 챙기고, 첫 번째 멘토인 식용 곤충 사장님을 만난다. 통은 수빈에게 고백하려다가 실패하고, 식용 곤충을 판 돈을 깡패들에게 뺏길 위기에 놓인다. 그때 두 번째 멘토인 경호원 토르 아저씨를 만난다. 청계천을 찾은 아이들은 그곳에서 피바다에게 쫓기는 줄 알고 줄행랑을 친다. 이때 세 번째 멘토인 청년 농부를 만난다.

전 : 청년 농부의 일을 돕다가 지역 행사장에서 장사까지 하게 된 아이들. 옥토끼가 행사에서 랩을 하지만 반응이 영 시원찮다. 옥토끼는 송아 누나를 만나 꿈에 그리던 클럽 무대에 서서 랩을 하게 되고, 네 번째 멘토인 패션 디자이너랄 누나를 만난다. 아이들은 송아 누나를 돕기 위해 다음 날 만화 박물관을 찾는다. 그곳에서 다섯 번째 멘토인 카카오톡 이모티콘 작가를 만난다. 이때 송아 누나의 부탁으로 네 아이는 코스프레를 하게 되고, 부모님과 선생님들과 맞닥뜨린다.

결 : 집에 돌아가던 중 옥토끼는 아빠를 설득해 틴틴 래퍼 무대에 서게 된다. 학교로 돌아온 지 6개월 뒤. 아이들이 각자 멘토들이 들려준 이야기를 발판 삼아 자신의 삶을 살고 있는 가운데, 옥토끼의 본선 무대가 펼쳐지는데…….

6. 차례

1) 기숙 학교 대소동
2) 대체 불가인 사람이 된다는 것
3) 먼 꿈보다 내 곁의 버섯
4) 미래라는 미로
5) 제 꿈의 점수는요
6) 누가 뭐래도 내 길을 갈래

7. 작가 소개

트리트먼트, 시놉시스를 구체적으로 그린 지도

트리트먼트treatment는 원래 시나리오 용어다. 시나리오를 본격적으로 쓰기 전에 구체적인 줄거리, 핵심 대사를 쓰는 것을 말한다. 하지만 트리트먼트는 시나리오뿐 아니라 모든 창작 장르에서 필요하다.

트리트먼트는 왜 써야 할까?

작가 자신을 위해 쓴다

트리트먼트는 시놉시스보다 더 구체적인 지도라고 생각하면 된다. 내가 담고 싶은 주제를 에피소드로 풀 때, 에피소드들을 미리 생각해 두면 글을 쓸 때 훨씬 쉽다. 글을 바로 써 나가려 하지 말고, 트리트먼트 쓰는 단계에서 재미있는 사건과 찰진 대사를 미리 생각해 놓고 쓰는 게 좋다. 만약 트리트먼트에서 구상한 에피소드가 식상하거나 개연성이 없다면 다시 구상해서 쓴 다음, 원고를 쓰면 된다. 시놉시스와 트리트먼트를 공들여 쓰면 글을 쓰기가 훨씬 수월하다. 시놉시스와 트리트먼트를 썼다면, 작품의 50퍼센트는 이루어졌다고 봐도 된다.

편집자의 편의를 위해 쓴다

장편인 경우 특히 시놉시스 뒤에 바로 원고가 나오는 것보다 트리트먼트가 나와야 한다. 편집자가 작품의 흐름상 사건의 개연성이 있는지, 시놉시스에서 말한 것처럼 작품의 기승전결을 잘 살렸는지 판단할 때 필요하다. 또 출판사와 계약을 맺어 책을 내게 되었을 때 트리트먼트를 놓고 작품 방향에 대해 의논하면 편하다.

분량은 쓰고자 하는 이야기의 10~30퍼센트

미국 시나리오 작가인 로버트 맥키의 작법서 《시나리오 어떻게 쓸 것인가》에서는 트리트먼트에 인물의 의식적·무의식적 생각과 감정, 그리고 모든 행동 묘사를 다 쓰라고 권한다. 그러면 원고보다 분량이 훨씬 많아질 수도 있다. 하지만 현재 우리가 쓰는 트리트먼트라는 용어는 앞에서 말한 대로 시놉시스보다 조금 더 자세히 줄거리를 쓰는 것을 말하며, 원고의 10~30퍼센트 분량이면 적당하다.

원고에 나올 구체적인 사건과 핵심 대사를 쓴다

시놉시스에 "여자 주인공과 남자 주인공이 만나자마자 싸운다."라고 썼다면, 트리트먼트에서는 왜 싸웠는지 '구체적인 사건'을 써야 한다. 여기서 주의할 점은 묘사나 구체적 대사 없이 사건 중심으로 줄거리를 쭉 쓰는 것이다. 이렇게 써야 사건에 대한 개연성이 있는지, 복선은 잘 나타나 있는지, 사건 전개에 무리는 없는지 알 수 있다.

이처럼 모든 사건을 적어 본 후에 마음에 들지 않는다면 계속 수정해야 한다. 트리트먼트 단계에서 사건을 수정한 다음 원고를 쓰는 것이 효율적이기 때문이다.

Tip 트리트먼트 예시

〈누가 뭐래도 내 길을 갈래〉 1장 '기숙 학교 대소동'의 트리트먼트를 예로 들겠다. 쓰고자 하는 이야기의 중심 사건, 당시 인물의 내면 심리 등을 위주로 쓰면 된다.

배경은 전남 순천에 있는 무진고등학교. 전라남도에서 명문 고등학교로 꼽히는 학교다. 학생들은 전원 기숙사 생활을 한다. 여름 방학식 날. 방정이가 건물 배관을 타고 내려가 교문 밖으로 도망친다. 어느덧 기숙사 한 방을 쓰는 통, 옥토끼, 전긍이도 함께 달린다. 방정이가 지나가던 트럭을 세워 아이들이 얻어 탄다. 순천역까지 간 아이들. 통이 방정이가 모아 놓은 돈으로 서울행 표 네 장을 산다. 일단 순천을 벗어나고 싶은 마음에서다. 통은 이번 방학에 어차피 서울에 가려고 했다. 옥토끼가 랩 경연 대회 본선 갈 때 같이 가자고 약속도 했고, 아이돌 연습생이 된 친구 수빈이를 만나 고백하려는 마음도 있다. 방정이는 일본 여행을 가야 했기 때문에 열차를 타지 않으려고 한다. 하지만 아이들은 방정이를 억지로 열차에 태운다. 통은 방정이를 설득한다. 방정이는 어쩔 수 없이 포기한다. 서울에 가서 일본으로 갈 방법을 궁리한다. 전긍이는 이 모든 상황이 불안하기만 하다. 그러면서 어쩌다 지금 서울로 가고 있는지 생각해 본다.

(회상) 방정이는 오늘 저녁에 일본으로 덕질 여행을 가기 위해 표와 여비를 마련해 놓은 상태였다. 방정이는 웹툰 작가가 꿈이다. 그뿐 아니라 전 세계 여행과 낯선 모험을 즐기고 싶은 욕망이 가득한 학생이다. 어머니와 단둘이 살며, 사회 배려자 전형으로 무진고에 왔지만 비상한 머리로 성적은 최상위권이다. 방정이는 애들을 상대로 그림을 그려 주며 여행 경비를 모아 왔다. 무진고는 스마트폰 사용을 일상생활에서 금지하고 있고, 외출도 한 달에 한 번뿐이기 때문에 가능한 일이었다.

방정이와 아이들이 도망치게 된 계기는 오늘 담임의 말. 담임 피바다는 학교 측의 일방적 결정을 전달한다. 1학년 학생들이 역대 최악의 성적을 기록해 학교 측이 방학을 없애고 보충 수업을 실시하기로 결정했다는 것이다. 방정이는 다른 친구의 부탁으로 그림을 그리다가 피바다에게 걸린다. 피바다는 성적을 중시하는 교사로, 외모나 성격이 강력계 형사처럼 터프한 과학 교사다. 피바다는 방정이의 포트폴리오나 다름없는 스케치북을 발견하고 찢어 버리려고 한다. 방정이는 충동적으로 담임을 밀치고, 복도로 달려 나간다. '여기서 잡히면 일본 여행은 물 건너간다.'는 생각이 들자, 교문 밖으로 도망친다. 사방은 온통 안개가 자욱하다.

한편 방정이가 담임에게 걸리기 전, 통은 피바다에게 항의를 하다 쫓겨나 운동장을 돈다. 통은 정원 미달로 무진고에 들어온 학생으로 공부를 재미없어한다. 운동만 잘하는 전교 꼴찌다. 옥토끼는 래퍼가 꿈이다. 방학 때 청소년 랩 경연 대회 TV 프로그램 본선에 나가기 위해 벼르고 있었다. 꿈을 좇기 위해 학교 생활이 별 필요가 없다고 생각해 자퇴도 고려 중이었다. 그런데 방학이 없어진다니 더더욱 학교 다니기가 싫어진다. 옥토끼 역시 담임에게 반항하다 통과 함께 운동장을 돌고 있다가 방정이를 보고 따라 나선다.

그들의 룸메이트인 전긍이는 매사 소심해서 전전긍긍한다고 해 별명이 전긍이다. 전긍이는 모범생처럼 공부하지만 왜 공부하는지도 모르고, 꿈도 없고, 성적도 안 나와 좌절하고 있다. 더 좌절할 만한 일은 조금 전 점심 시간, 엄마가 면회를 온 일이었다. 엄마는 방학 기간 동안 기숙 학원에 가서 공부하라고 통보한다. 전긍이는 예전에 기숙 학원에서 겪은 사건 때문에 트라우마가 있지만, 엄마에게 한마디 말도 못한다. 다시는 기숙 학원에 가고 싶지 않은 전긍이는 세 아이를 따라 나선다. 아이들을 붙잡기 위해 따라나온 피바다는 운동장에서 넘어지는 바람에 다리를 접질려 아이들을 놓친다.

서울에 도착한 아이들은 홍대 입구로 가서 즐거운 시간을 보내다가 유일한 자금이었던 방정이의 돈을 잃어버리고 만다. 아이들은 놀이터에서 노숙을 한다. 다음 날, 전긍이가 동생에게 전화를 걸어 알바할 때 필요한 서류와 비상금을 부탁한다. 전긍이가 동생에게 돈과 서류를 받지만 여전히 일자리는 구하기 어렵고, 아이들은 주린 배를 채우기 위해 '이더블 버그'라는 식당으로 간다. 밥을 먹던 아이들은 뭔가 이상한 걸 발견하는데, 그곳은 식용 곤충을 파는 곳이었던 것!

4장

기승전결 그대로 따라 쓰기

STEP BY STEP

이 세상에는 수많은 이야기가 있다. 그중 사람들이 가장 좋아하는 이야기는 기승전결 구조를 가진 이야기다. 우리가 어릴 때부터 듣고 자란 옛날이야기는 물론이고 인기 있는 소설, 드라마, 영화에도 기승전결은 꼭 들어 있다. 장편이든 단편이든 시놉시스에 꼭 기승전결을 써야 하는 이유도 이 때문이다. 작가는 기승전결의 흐름을 알고 작품에 적용해야 한다.

기승전결에서 반드시 다루어야 하는 사항은 다음과 같다.

기_사건의 발단	승_갈등의 시작
전_갈등 고조	결_갈등 해소

단편 기승전결 쓰기

단편의 기승전결 쓰는 법은 다음 예시로 감을 익혀 보자. 단편의 귀재로 알려진 미국 작가 오 헨리의 〈마녀의 빵〉이라는 작품이다.

기 _ 사건의 발단

작은 빵집을 운영하는 마흔 살의 미스 마사는 가끔 묵은 빵 두 덩어리를 사 가는 한 남자에게 호감을 느낀다. 마사는 남자가 가난해서 새로 구워 낸 빵을 못 사고 굳은 빵만 산다고 생각해 가엾게 느낀다.

승 _ 갈등의 시작

마사는 그 남자가 가난한 화가일 거라 짐작하고 그림을 사 놓는다. 그 그림에 대해 이야기를 나누며 마사는 남자와 가까워짐을 느낀다. 언젠가부터 마사는 가게에 나올 때 예쁜 옷을 입고 화장을 한다.

마녀의 빵

- 오 헨리

기 사건의 발단
또 굳은 빵만 사 가네..
가난한 화가인 걸까?
승 갈등의 시작
그림이 새로 생겼네요.
네. 좋아하는 작품인데, 마음에 드세요?
전 갈등고조
이 버터 바른 빵, 좋아해줄까? 맛있게 먹어 주면 좋겠다.
안녕마사, 같은걸로!
결 갈등해소
모든게 다 당신때문이오!
3개월간 준비한 공모전 설계도에 모르고 당신이 준 버터바른 빵을 썼다가 저 난리요..
다 망했어!!

전 _ 갈등 고조

어느 날 남자가 빵을 사러 온다. 마사는 어떻게든 자신의 호감을 표현하고 싶다. 굳은 빵 사이에 신선한 버터를 몰래 듬뿍 발라놓는다. 남자가 자기의 호의를 알아주기를 기대하며, 마사는 온종일 설렌다.

결 _ 갈등 해소

그날 그 남자가 다시 찾아와 마사에게 욕을 퍼붓는다. 함께 온 남자의 동료가 말하길, 그 남자는 건축 제도사라고 한다. 마사의 빵집에서 사 간 묵은 빵은 지우개로 썼다고 한다. 그런데 버터 바른 빵 때문에 지난 3개월간 그린 공모전용 설계도를 망치게 되었다는 것이다. 마사는 혼자 썸 타며 입었던 옷을 평소 입던 옷으로 갈아입고, 화장품을 창밖으로 던져 버린다.

이 작품의 '기-승-전'에는 남자를 향한 마사의 감정이 서서히 고조되는 것이 잘 드러난다. 결말에는 마사가 감정에 충실하여 한 행동의 결과를 보여 준다. 독자들이 예상하지 못한 반전으로 강한 인상을 남긴다. 오 헨리 외에도 안톤 체호프, 기 드 모파상 같은 작가들의 단편을 읽어 보자.

장편 기승전결 쓰기

기 _ 사건의 발단

모든 주인공을 소개한다

작품의 앞부분에는 주인공이 나와 사건을 전개해야 한다. 영화 〈어벤져스〉라면 모든 히어로들이 다 나와야 한다. 주인공이 아닌 사람이 나와서 비중 있게 사건을 전개해 버리면, 독자들은 주인공이 누군지 헷갈리게 된다.

주인공에게 특이한 설정이 있다면 소개한다

영화 〈말레피센트〉에서는 숲의 요정 말레피센트가 금속에 약하다는 설정이 나온다. 이는 나중에 중요한 복선이 되므로 극 초반에 보여 주어야 한다. 소설 〈보건교사 안은영〉의 주인공 안은영은 남들 눈에는 보이지 않는 마수들을 볼 수 있는 특별한 능력이 있다. 이를 소설 첫 부분에서 잘 보여 준다. 드라마 〈로봇이 아니야〉에서는 주인공 민규에게 인간 알레르기가 있다는 설정이 나온다. 작품 시작 부분에서 주인공이 사람과 접촉했을 때 괴수로 변하는 장면을 보여 준다.

등장인물의 성격은 '말하기'보다는 '보여 주기'로!

영화 〈해리 포터와 마법사의 돌〉에 나오는 해리 포터 사촌 두들리는 성격이 나쁘다. 두들리의 성격은 그의 말이 아닌 행동을 봐도 알 수 있다. 두들리는 계단을 내려갈 때 해리가 머무는 계단 아래 벽장 방이 울리도록 일부러 쿵쿵거린다. 이 행동만으로도 두들리가 심술궂다는 걸 알 수 있다.

도발적인 사건이 나와야 한다

일상적인 일이 아니라 독자들의 눈을 사로잡는 도발적 사건이 나와야 한다. 〈해리 포터와 마법사의 돌〉에서는 마법 학교에서 입학 통지서가 온다. 영화 〈부산행〉과 드라마 〈킹덤〉에서는 사람들이 갑자기 좀비로 변한다.

청소년 소설이나 동화도 마찬가지다. 청소년 소설 〈위저드 베이커리〉에서는 주인공이 새엄마의 구박을 받고 억울하게 이복 여동생 성추행범으로 몰린다. 그러다 마법사가 있는 빵집에 숨어든다. 동화 〈한밤중 달빛 식당〉에서 주인공 연우는 엄마가 죽은 지 얼마 되지 않아 5만 원을 줍는다. 주인이 누군 줄 알면서도 그 돈을 써서 범인으로 몰린다. 동화에서는 영화나 드라마에서 나오는 것 같은 거창하고 도발적인 사건이 아니어도 좋다. 어린아이 눈높이에서 봤을 때 도발적이면 된다. 애니메이션 〈보스 베이비〉에서 동생이 태어나는 것, 동화 〈우주 최강 문제아〉에서 엄마가 자기 친구를 오해해서 그 친구랑 놀지 말라고 하는 것도 충분히 도발적인 사건이 될 수 있다.

승 _ 갈등의 시작

본격적으로 이야기가 시작된다

〈해리 포터와 마법사의 돌〉에서는 해리 포터와 친구들이 본격적으로 마법을 배운다. 애니메이션 〈쿵푸팬더〉에서는 쿵푸 마스터가 되고 싶어 하는 주인공 포가 스승에게 쿵푸를 배운다. 영화 〈스타워즈 에피소드 4 : 새로운 희망〉에서는 루크가 집을 떠나 우주의 평화를 지키는 기사 제다이가 되는 훈련을 받는다. 남녀 사이의 사랑 이야기를 다루는 로맨스도 마찬가지다. 영화 〈미 비포 유〉에서는 백수인 루이자가 전신마비 환자 윌의 간병인이 되어 그를 만난다.

갈등이 생겨난다

〈어벤져스〉에서는 외계의 적들이 쳐들어오는 상황에서도 주인공들이 팀워크를 다지기는커녕 서로를 비난하면서 관계에 균열만 생긴다. 로맨스라면 본격적으로 두 사람의 감정이 얽혀야 한다. 처음에 두 사람이 서로 싫어할 만한 사건이 생긴다. 서로를 보면 부르르 떨 정도로 말이다. 영화 〈미녀와 야수〉에서 벨은 야수를 싫어한다. 야수는 무뚝뚝하고 감정 표현에 서툴기 때문이다. 〈미 비포 유〉에서는 윌이 루이자에게 독설을 쏟아 내고, 루이자는 그런 윌에게 상처를 받는다. 일이 순조롭게 흘러가지 않고 갈등 상황이 벌어진다.

상대에게 조금씩 마음의 문을 연다

어떤 사건을 계기로 주인공들은 상대의 진심이나 호의를 받아들이고 서서히 서로에게 마음의 문을 열게 된다. 오해나 다툼이 사라지고 마음이 누그러진다. 버디물(두 명의 주인공이 짝을 이루어 일어나는 일을 담은 영화)이나 로맨스처럼 관계를 중시하는 이야기에서는 주로 한 사람이 다른 사람을 초대해서 인간적인 면모를 보여 준다. 영화 〈공조〉에서는 남북한 공조 수사를 하게 된 남한 형사 강진태가 북한 형사 임철령을 자기 집에 데려간다. 영화 〈강철비〉에서는 남한 외교 안보 수석 곽철우가 북한에서 내려온 최정예 요원 엄철우를 인간적으로 대해 주기 시작한다. 함께 식사도 하고 가족 이야기도 나눈다. 〈미 비포 유〉에서도 루이자가 윌을 집으로 초대한다.

갈등이 생기고 해소되는 일이 반복된다

주인공이 어려운 상황에 놓였다가 해결이 되는가 하면 다시 곤란에 빠진다. 〈부산행〉에서 주인공 석우는 딸과 함께 대전역에 내려서 살길을 도모한다. 관객들은 한시름 놓는다. 하지만 그곳에도 좀비가 창궐해 다시 기차를 타야 한다. 간신히 기차를 타서 갈등이 해소되려는 찰나, 기차 안에도 좀비들이 나타나 공격한다. 이런 식으로 사건이 계속 반복된다. 영화 〈엣지 오브 투모로우〉에서 주인공 빌은 외계인들과 싸우다가 여러 번 죽지만 다시 살아난다.

감초 조연이 죽어 긴장감이 고조된다

영화 〈헝거 게임 : 판엠의 불꽃〉에서는 헝거 게임에서 주인공 캣니스와 연합을 맺었던 동생뻘 소녀 루가 죽는다. 이 사건은 나중에 혁명의 시작점이 된다. 영화 〈메이즈 러너〉에서는 미로를 탈출하다가 리더 토머스를 잘 따르던 어린 척이 죽는다. 미로에서 살기를 강요한 갤리 때문이다. 〈부산행〉의 경우, 강력한 힘을 가진 감초 조연 상화가 죽음으로써 긴장감이 고조된다.

주인공에게 큰 위기가 닥친다

〈해리 포터와 마법사의 돌〉에서는 해리 포터와 친구들이 마법의 방에 들어가려고 한다. 하지만 그 마법의 방 앞에는 무시무시한 마법의 체스가 버티고 있다. 체스를 한 수라도 잘못 두면 마법의 체스는 칼로 상대를 베어 버린다. 해리 포터는 친구들과 함께 체스를 둔다. 여기서 이겨야만 절정을 향해 나아갈 수 있다. 로맨스라면 연인이 헤어질 위기를 맞는다. 드라마 〈미스터 션샤인〉에서 남자 주인공 유진 초이는 미국으로 발령이 나서 떠나야 하고, 여자 주인공 고애신은 의병대가 되어 떠나려 한다. 이대로 극이 흘러간다면 두 사람은 생이별을 할 운명에 놓인다.

주인공과 가장 가까운 인물이 주인공을 공격한다

주인공과 가장 가까운 인물이 악당에게 세뇌를 당하거나 바이러스에 감염되어 주인공을 공격한다. 영화 〈헝거 게임 : 모킹제이〉에서 캣니스는 혁명의 상징이 된다. 그런 캣니스를 사랑하는 피터가 적에게 잡혀간다. 피터는 캣니스를 죽이라는 세뇌를 당한 뒤에 돌아와 캣니스를 공격한다. 〈메이즈 러너〉에서 토머스는 미로에서 지도자 역할을 하며, 미로에 갇힌 아이들을 구출해 낸다. 뉴트는 늘 토머스를 지지하고 따르던 인물이다. 그런 뉴트가 시리즈 후속편인 〈메이즈 러너 : 데스 큐어〉에서는 바이러스에 감염되어 토머스를 공격한다.

전 _ 갈등 고조

절정에 이르기까지 위기가 계단처럼 한 칸 한 칸 쌓인다

어느 날 갑자기 주인공에게 절체절명의 위기가 닥치게 하기보다는, 기-승을 거치는 동안 불안감과 공포심을 계단 쌓듯 하나하나 높여 가야 한다. 〈해리 포터와 마법사의 돌〉에서는 볼드모트가 '그 사람'으로만 언급되는데, 이미 볼드모트가 등장하기도 전에 긴장감이 조성된다. 그러다 해리 포터는 퀴렐 교수의 몸에 기생하는 볼드모트를 만난다. 이때 볼드모트는 몸이 없고 영혼만 있는 상태다.

그 뒤에 나온 시리즈 후속편 〈해리 포터와 불의 잔〉에서는 볼드모트가 부활한다. 이후 벨라트릭스를 비롯해 볼드모트의 추종자 10여 명이 탈옥하면서 긴장감이 더욱 고조된다. 호그와트는 죽음을 먹는 자들에게 점령당하고, 볼드모트는 대놓고 해리 포터를 죽이려 한다. 절친한 친구 론의 집이 불타고, 주변 인물들이 숱하게 죽는다. 악당이 갑자기 '짠' 하고 나타나는 게 아니라 이렇게 계단을 쌓아 올리듯 위기감을 높이면서 등장해야 한다.

절정 장면에서 회상은 금물

절정 장면을 쓸 때 초보 작가가 가장 하기 쉬운 실수 중 하나가 긴장감을 견디지 못하고 과거를 회상하는 것이다. '맞아. 과거에 이런 일이 있었지. 그래서 지금 이런 결과가 생긴 거야.' 이런 식으로 보여 주면 맥이 빠진다. 위기감이 천천히 높아지도록 써야 한다. 자기 감정에 몰입하여 너무 급박하게 써서는 안 된다.

속도감을 조금 늦추고 담담하게 상황을 묘사한다.

주인공이 악당과 정면 대결하되, 반드시 중심 역할을 한다

영화 〈스파이더맨 : 파 프롬 홈〉에서 스파이더맨 피터 파커는 아이언맨에 대한 죄책감과 그의 기대에 부응하지 못했다는 자책감에 시달린다. 하지만 절정부에서 그는 아이언맨이 자기를 선택한 데 이유가 있다는 것을 믿고 적극적으로 적과 싸운다. 다른 히어로가 갑자기 나타나서 그를 구원하는 것이 아니다. 더 나아가 스파이더맨은 자기에게 거미의 능력인 놀라운 신경 감각이 있다는 걸 깨닫고 악당에 맞선다.

주인공의 반대 세력이 압도적이어야 한다

반대 세력은 다시 한번 주인공을 위기에 빠뜨려야 한다. 반대 세력이 압도적이어서 주인공이 이루고자 하는 바를 실현하기 어렵게 만들 정도여야 한다. 〈어벤져스〉에서는 영웅 몇 명으로는 감당할 수 없을 만큼 센 외계 종족이 우주와 지구를 연결하는 관문인 포털을 타고 내려온다. 주인공들은 이들을 상대로 팀워크를 발휘해서 싸운다.

주인공들이 감정적으로 회복 불가능한 싸움을 벌이고 헤어진다

절정 이전에도 물론 주인공들은 싸울 수 있다. 그때는 가벼운

잽을 날리는 정도라면, 절정 부분에서는 플라이 킥, 니 킥으로 상대의 영혼을 너덜너덜하게 만드는 싸움을 한다. 영화 〈라라랜드〉에서는 남자 주인공이 여자 주인공에게 "내가 잘나가니까 열등감 느끼니?"라는 말을 해 버린다. 이렇게 선을 넘는 말을 하여 두 사람은 결별을 맞게 된다.

사랑을 위협하는 세력이 등장해 연인이 헤어질 수밖에 없다

웹소설 〈전하와 나〉에서 여자 주인공 미소는 폐위된 황태자 의윤을 사랑한다. 미소 덕분에 용기를 얻은 의윤은 다시 황제 자리에 도전한다. 의윤의 세력에 위협을 느낀 의윤의 아버지와 쌍둥이 동생인 요는 미소를 해치겠다며 의윤을 협박한다. 의윤은 미소를 사랑하지만, 그녀의 목숨을 살리기 위해서는 헤어져야 하는 상황에 맞닥뜨린다.

주인공이 미처 알지 못했던 감정을 깨닫는다

로맨스에서는 남녀 주인공이 절정부에서 상대를 사랑하고 있음을 깨닫는 장면이 자주 나온다. 영화 〈클루리스〉에서 여자 주인공 셰어는 사람들을 곧잘 이어 준다. 셰어는 촌스러운 전학생 타이를 예쁘게 꾸며 주고, 이제는 남이 된 이복 오빠인 조시를 타이에게 소개해 주려고 한다. 그러다 내키지 않아 타이와 다투고 만다. 작품 절정부에서 셰어는 자신이 조시를 사랑하고 있음을 깨닫는다.

결정적 행동이나 대사가 나온다

작품의 절정부에는 작품을 파국으로 치닫게 하는 결정적 행동이나 대사가 나온다. 영화 〈기생충〉에서 최 사장이 도망치다가 근세의 냄새 때문에 코를 틀어막는다. 근세는 최 사장의 지하실에서 수년간 기생해 온 사람으로, 온몸에서 악취가 났을 것이다. 기택은 최 사장이 자기에게 한 행동이 아님에도 불구하고 그동안 최 사장이 알게 모르게 냄새 때문에 자신에게 준 모멸감을 떠올리고는 최 사장을 살해하고 만다. 최 사장이 코를 틀어막는 행동이 기택 가족의 총체적 파멸을 가져오게 한 결정적 행동이다.

결정적 대사도 작품 절정부에 쓰는 게 좋다. 〈미스터 션샤인〉에서 "굿바이 말고 씨 유 어게인." 같은 대사가 그렇다. 결말과도 연관되는 대사라 더욱 진한 여운을 남긴다.

허위 결말을 맞는다

주인공이 더 이상 이야기를 이어 나갈 수 없을 만큼 절망적인 상황을 맞는다. 이를 '허위 결말'이라고 한다. 작가는 독자들을 완벽한 절망으로 내몬다. 허위 결말에서는 다음과 같은 상황으로 주인공을 더 이상 희망이 없는 암흑 상태에 빠지게 연출할 수 있다.

첫째, 주인공이 죽을 위기에 빠지거나 죽는다. 영화 〈해리 포터와 아즈카반의 죄수〉에서는 해리 포터와 그의 대부 시리우스가 사람의 영혼을 빨아들이는 존재인 디멘터에게 공격당해 죽을 위기에 놓인다. 심지어 〈해리 포터와 죽음의 성물〉에서는 해리 포터가 볼드모트와 맞서서, 말 그대로 죽는다. 영화 〈이티E.T.〉에서는 이티가 죽는다.

드라마 〈도깨비〉에서는 도깨비 김신이 무無로 돌아간다. 영화 〈패신저스〉에서는 남자 주인공 짐이 우주선을 고치다가 우주선 안으로 들어와 숨을 거둔다.

둘째, 주인공에게 남은 마지막 희망이 사라진다. 영화 〈쇼생크 탈출〉의 앤디는 아내와 아내의 애인을 살해한 혐의로 감옥에 갇힌다. 복역 중 수감자 토미로부터 진범을 알고 있다는 얘기를 듣는다. 토미는 앤디가 자유를 얻을 수 있는 마지막 희망인 셈이다. 하지만 교도소장은 자신의 치부를 많이 알고 있는 앤디가 출소하는 것을 원하지 않아 토미를 죽이고 만다. 하늘에서 내려온 동아줄을 작가가 싹둑 잘라 버린 것이다.

셋째, 쓸 수 있는 자원이나 조력자가 없다. 〈스파이더맨 : 파 프롬 홈〉의 절정부에서 피터 파커는 큰 위기를 맞는다. 무기인 거미줄은 다 떨어지고, 든든한 조력자였던 해피 아저씨와 친구들 역시 위기에 빠져 피터 파커를 돕지 못한다.

허위 결말에서 주인공을 살려 낸다

주인공이 거의 다 죽어 갈 무렵, 혹은 심장 정지가 왔더라도 작가는 주인공을 살려 내야 한다. 〈해리 포터와 아즈카반의 죄수〉에서 해리 포터는 시간을 돌린다. 또 다른 자신이 디멘터를 물리쳐 자신과 시리우스를 구한다. 〈해리 포터와 죽음의 성물〉에서 해리 포터는 되살아난다. 〈도깨비〉의 김신은 저승을 헤매다 돌아오고, 〈패신저스〉의 짐도 사경을 넘나들다 살아난다. 연인이 안타까운 이별을 했다면, 다시 만날 계기를 만들어 준다.

결말을 갑자기 맺지 않는다

결말을 맺을 때 한 번에 갑자기 훅 끊어 버리기보다는 두 번 나오게 한다. 바다에는 대륙붕이라는 게 있다. 바다와 육지 사이에 완만히 이어지는 부분이다. 결말도 이렇게 대륙붕이 되어야 한다. 결말이 완만하게 두 번 나오게 말이다. 가장 마지막 사건에 대한 결말과 작품의 전체적인 결말이 나오게 하는 식이다. 영화 〈헝거 게임 : 더 파이널〉에서는 두 번의 결말이 나온다. 작가는 혁명 직후의 상황을 조연이었던 애니의 편지로 알려 준다. 몇 년 후 주인공 캣니스가 어떻게 지내는지는 에필로그 형식으로 보여 준다. 〈위저드 베이커리〉도 주인공이 다시 자기 집으로 돌아간 직후의 상황을 1차 결말로 보여 주고, 에필로그에서 성인이 된 주인공이 어떻게 살고 있는지 보여 준다.

사건이 어떻게 종결되었는지 알려 준다

좋은 결말은 사건이 어떻게 해결되었고, 등장인물들이 어떻게 되었는지 그 행방과 위치를 알려 주는 결말이다. 물론 열린 결말도 작품에 아련한 여운을 남긴다. 그러나 열린 결말은 글쓰기가 좀 더 숙련된 다음에 써도 늦지 않다. 독자들은 닫힌 결말을 더 좋아한다. 〈해리 포터와 죽음의 성물〉에서는 세월이 흘러 해리 포터와 친구들이 자신의 2세를 호그와트 마법 학교에 보내는 장면으로 끝난다. 〈메이즈 러너 : 데스 큐어〉에서는 미로 생존자들이 현재 어디서 어떻게 지내는지 보여 준다. 또한 뉴트가 미로 생존자들의 지도자인 토머스에게 쓴 편지로 끝맺는다. 뉴트는 편지를 전달하고 죽은 뒤라 애틋함을 더한다.

도입부와 같은 배경으로 마무리해도 좋다

소설 〈작은 아씨들〉은 크리스마스를 배경으로 이야기가 시작된다. 남북 전쟁에 참가해 부상당한 아버지를 간병하러 어머니마저 떠나 쓸쓸한 집. 네 자매는 우여곡절을 겪으며 1년을 보낸다. 작품의 결말 배경은 다시 크리스마스. 아버지가 건강한 모습으로 돌아오면서 가족들이 행복해하며 소설이 끝난다. 작품의 시작과 끝 배경이 크리스마스로 같다. 처음과 끝이 서로 관련이 있는 수미상관법을 사용한 것이다. 이런 장치 역시 독자들에게 만족감을 주고, 깊은 인상을 남긴다.

인물의 변화를 분명하게 밝힌다

영화 〈어바웃 어 보이〉의 주인공 윌은 초반에 "모든 사람은 섬이다."라는 말에 깊이 공감하는 독신주의자이자 자발적인 아웃사이더로 그려진다. 마지막에도 같은 대사가 나온다. 윌은 "모든 사람은 섬이야. 여전히 그렇게 믿어."라고 한다. 그런 다음, "하지만 몇 사람은 섬의 연결 고리에 있지. 사실 바다 아래로 연결되어 있단다."라고 덧붙인다. 영화 마지막 장면, 윌의 집에는 그동안 인연을 맺은 사람들이 모두 모여 북적인다. 이렇게 인물의 변화를 분명하게 보여 주며 끝맺음하면 좋다.

반전 있는 결말을 준비한다

결말로 독자나 관객의 예상을 뛰어넘으면서도 납득이 될 만한 신선한 반전을 준비해 보자. 〈헝거 게임 : 판엠의 불꽃〉은 반전 있는 결말이 압권이다. 헝거 게임의 승자는 단 한 명뿐인데, 대회 중간에 규칙이 바뀐다. 같은 구역에서 온 두 사람은 함께 우승자가 될 수 있다는 것. 그래서 마지막까지 살아남은 피터와 캣니스 두 사람이 우승자가 된다. 그런데 갑자기 또다시 규칙이 바뀌어,

우승자는 한 명이라고 한다. 이때 피터와 캣니스는 서로 죽겠다고 하지만, 캣니스는 영리한 선택을 한다. 둘 다 죽지 않는 방법을 찾아낸 것이다. 깜짝 놀랄 만한 반전이 결말에 나온다.

〈패신저스〉도 비슷하다. 주인공 짐과 오로라는 우주선을 타고 개척 행성으로 가는 중이었다. 120년을 냉동 인간으로 있어야 했는데, 두 사람은 남들보다 90년 먼저 깨어나 버렸다. 그들 앞에 있는 동면 기계는 오직 하나뿐이다. 둘은 어떤 선택을 할까? 여기서도 두 사람은 반전 있는 선택을 하여 관객들을 놀라게 한다.

작가의 가치관을 담는다

작품 마지막에는 작가가 독자에게 전하고자 하는 주제를 명확하게 밝힌다. '계층 이동의 사다리에 올라탈 수 있는가?'라는 물음에 각기 다른 대답을 주는 두 영화를 비교해 보자. 〈기생충〉에서는 가난한 계급이 아무리 노력해도 견고한 계층 이동의 사다리를 올라타기는 어렵다는 주제를 보여 준다. 물론 이 영화는 불평등 문제를 계속 방치하다가는 자본가나 노동자 계급 모두 같이 파멸할 수 있다고 말한다. 반면, 영화 〈행복을 찾아서〉는 아무리 어려운 상황이라도 포기하지 않으면 좋은 날이 온다는 주제를 보여 준다.

5장

플롯으로 글 뼈대 잡기

STEP BY STEP

인류는 수천 년 동안 이야기를 즐기며 살아왔다. 사람들이 유난히 좋아하는 이야기에는 일정한 뼈대와 패턴이 있다. 이것이 플롯이다. 플롯은 이야기의 나침반이자 내비게이션이다.

여러 이야기에서 비슷한 패턴이 발견되면 플롯이라고 이름 붙여도 된다. 플롯을 알면 좋은 점이 있다. 작가가 자기 작품을 어떻게 시작해서 어떻게 끝낼지 방향을 잡을 수 있다는 것이다. 플롯은 흔히 '공공재'로 불린다. 플롯을 자기 작품에 가져다 쓰는 것을 표절이라고 하지 않는다.

이 장에서는 반드시 성공할 수 있는 플롯 공식 몇 가지를 소개하고 하나하나 짚어 보려고 한다.

먼저, 만능 플롯 공식인 A-B-A′ 구조를 살펴본다. 이 구조를 익히면 성공적으로 작품을 구상할 수 있다. 또한 이 만능 플롯으로 단편과 장편 쓰는 법을 알아보도록 하겠다.

다음은 인기 있는 플롯 17가지를 소개한다. 이들 플롯이 들어간 작품을 각각 예로 들어 이해를 돕는다. 각 플롯을 그대로 가져다 쓰면서 사건과 캐릭터만 만들면 한 편의 글이 뚝딱 만들어지는 마법을 경험할 수 있다.

그리고 할리우드 블록버스터 플롯인 신화 영웅 플롯 12단계를 영화 〈겨울왕국 2〉로 분석해 본다. 영웅물(히어로물)이나 스케일이 큰 작품을 쓸 때 도움이 될 것이다.

마지막으로 요즘 인기를 얻고 있는 웹소설 플롯을 로맨스와 현대 판타지 장르로 나누어 설명하겠다.

매혹의 만능 플롯 공식 A-B-A′

플롯은 주인공과 밀접한 관련이 있다. 반드시 주인공에게는 극 마지막에 처음 상태와는 다른 변화가 있어야 한다. 주인공의 성격이나 가치관이 변해도 좋고, 소유나 상황이 변해도 좋다. 영화 〈인디아나 존스〉에서 주인공 인디아나 존스는 여러 사건을 겪으면서도 성격이나 가치관이 변하지는 않는다. 다만 짜릿한 모험을 통해 보물을 손에 넣은 것으로 관객들에게 만족감을 선사한다.

만능 플롯 공식인 A-B-A′ 구조를 정리하면 다음과 같다.

A : 주인공의 결핍이나 모자란 점을 드러낸다. 그것을 보면서 독자들은 감정 이입을 하게 된다.

B : 주인공이 겪는 사건들을 보여 준다. 여기서는 주인공의 목표나 행동이 드러나고, 주인공이 겪는 위기와 갈등도 잘 드러난다.

A′ : 주인공의 변화를 보여 준다.

요리 연구가 백종원에게 만능 간장이 있다면, 플롯에는 이 만능 플롯이 있다. 이것은 드라마적 요소다. 이 요소 없이 그냥 이야기만 있다면 사람들은 카타르시스를 느끼지 못한다. 한 테러범이 이유도 없이 갑자기 어떤 집에 쳐들어간 이야기가 있다고 하자. 주인공이 열 받아서 밑도 끝도 없이 테러범을 잡는 내용이라면 어떨까? 아마 독자나 관객들에게 큰 인기를 얻지 못할 것이다. 액션물이라 하더라도 이유가 있어 주인공의 집이 테러를 당한다면? 그래서 주인공이 목표를 가지고 액션을 취한다면? 그리고 마지막에는 평화를 찾는다면? 이런 이야기를 사람들은 좋아할 것이다.

작품으로 익히는 A-B-A' 구조

영화 〈분노의 질주 : 더 세븐〉의 플롯에서 A-B-A′ 구조를 살펴보자. 거대 범죄 조직을 소탕한 뒤 전과를 사면받고 평화롭게 사는 주인공 도미닉을 노리는 세력이 있다. 도미닉 집이 폭파되면서 도미닉과 친구들은 위기에 빠진다(A). 도미닉과 친구들은 그들을 해치려는 세력을 물리치기 위해 몸을 사리지 않고 행동하고, 여러 위기를 헤쳐 나간다(B). 마침내 도미닉과 친구들은 평화를 되찾게 된다(A′).

내가 쓴 청소년 단편 소설에 〈오늘 난, 마포대교〉라는 작품이 있다. 같은 반 가인이를 짝사랑하는 허단이라는 인물이(A) 어장관리를 엄청 당하다가(B) 짝사랑을 끝내게 되는(A′) 이야기다.

영화 〈기생충〉을 '가족 희비극'이라고 하는 이유도 이 구조로 설명할 수 있다. 가족 희극이라고 한 이유는 전원 백수였던 가족이(A) 사기극을 통해(B) 전원 취직이 되었기(A′) 때문이다. 가족 비극이라고 한 이유는 원하는 걸 이룬 가족이(A) 일련의 사건을 겪으며(B) 한 명은 죽음을 당했고, 한 명은 사람을 죽였고, 한 명은 사라졌고, 또 한 명은 간신히 살아남았다. 반지하의 양말 걸린 그 집에서 사는 건 영화 초반부와 똑같지만, 가족들의 상태는 더 나빠졌다(A′). 그래서 비극이다. 전반부는 희극, 후반부는 비극이므로 가족 희비극이라고 말하는 것이다.

귀환 플롯도 이 구조다. 주로 동화나 그림책에 많이 나오는 플롯이다. 동화 〈파랑새〉와 〈오즈의 마법사〉, 그림책 〈앵거스와 두 마리 오리〉, 그리스 신화의 '오디세우스 이야기'도 귀환 이야기다. 주인공이 집을 떠나(A) 모험을 하고(B) 다시 집으로 돌아올 때는 다른 존재가 되어 있다(A′).

성장 플롯도 A-B-A′ 구조다. 동화와 청소년 소설은 거의 이 플롯이 바탕에 깔려 있다. 청소년 소설 〈체리새우 : 비밀글입니다〉에서 다현이는 다른 사람의 시선에 예민하고 은따당하지 않으려고 애쓴다(A). 하지만 진정한 우정이란 무엇인지 배워 나가며(B) 자신을 온전히 표현할 수 있게 된다(A′).

웹소설 중 로맨스 플롯도 마찬가지다. 〈빈껍데기 공작부인〉, 〈그녀가 공작저로 가야 했던 사정〉, 〈반드시 해피엔딩〉 같은 작품은 애정이 없는 두 사람이(A) 여러 사건을 겪은 뒤(B) 진짜 연인이 된다(A′)는 이야기를 담고 있다.

만능 플롯 A-B-A′ 공식으로 작품 쓰기

만능 플롯으로 작품을 쓸 때는 콩꼬투리를 기억하면 된다. 콩꼬투리는 여러 개의 콩을 단단하게 감싸고 있는 껍질이다. 콩꼬투리는 중심 플롯이고, 콩은 사건이라고 할 수 있다.

내 소설 〈누가 뭐래도 내 길을 갈래〉는 성장 플롯과 귀환 플롯으로 쓴 작품이다. 성장 플롯으로 설명하면, 진로에 대해 갈피를 못 잡던 주인공들이 가출을 한 뒤(A) 길에서 만난 멘토들을 통해(B) 자기 진로를 찾는다(A′)는 이야기다. 귀환 플롯으로 설명하면, 학교를 탈출했던 주인공들이(A) 길을 떠났다가(B) 학교로 돌아올 때는 다른 인물들로 바뀌어 있다(A′)는 이야기가 된다.

이 소설로 작품 쓰는 순서를 설명해 보겠다.

1. 내가 하고자 하는 이야기, 주제를 정한다.

청소년기에는 자기 진로를 찾는 데 노력을 기울여야 한다.

2. 이 주제를 한 줄 요약(로그라인)으로 정리해 본다.

네 명의 고등학생이 자기 진로를 찾아가는 이야기

3. 이야기를 담을 플롯을 정한다.

성장 플롯과 귀환 플롯으로 정했다. 평소 자신의 진로를 깊이 생각해 본 적 없는 주인공들이 가출하여 자기 길을 잘 찾은 멘토들을 만나면서 진로에 대한 깨달음을 얻고, 학교로 돌아와 그것을 실천하는 이야기다.

4. 플롯 안에 들어갈 사건을 만든다.

학교를 탈출하게 되는 사건, 노숙을 하게 되는 사건, 첫 번째 멘토를 만나는 사건, 스스로 돈을 벌다가 깡패들을 만나는 사건, 두 번째 멘토를 만나는 사건 등을 만든다. 이때 중요한 것은 콩이라는 사건들을 감싸고 있는 콩꼬투리가 성장 플롯과 귀환 플롯이라는 것이다.

5. 사건들이 서로 잘 이어지고 개연성이 있는지 검토한 다음 재배치한다.

사건이 중심 플롯과 크게 연관되어 있지 않거나 개연성이 없으면 버리고 다시 쓴다. 그런 다음 사건들을 플롯에 맞추어 재배치한다.

6. 시놉시스와 트리트먼트를 써 놓고 작품을 쓰기 시작한다.

3장에서 알려 준 시놉시스와 트리트먼트 쓰는 법을 참고해 기승전결, 캐릭터 등을 설정한다. 기승전결은 4장을, 캐릭터 쓰는 법은 6장을 참고한다. 이렇게 작품을 쓰면 단편이든 장편이든 모두 쓸 수 있다.

사랑받는 플롯 17가지

널리 알려진 소설이나 영화를 보다 보면 사람들이 좋아하는 플롯이 무엇인지 눈에 들어온다. 《시나리오 어떻게 쓸 것인가》에서 로버트 맥키는 플롯을 몇 가지로 분류했다. 이 중 가장 인기 있는 플롯은 고전적 구성이며 닫힌 결말의 플롯이다. 이런 플롯 17가지를 지금부터 소개하겠다.

희생자 플롯

<table>
<tr><td>구조</td><td>1. 마음을 나눈 두 사람(또는 집단)이 있다.
2. 한 사람에게 위협이 되는 상황이 발생한다.
3. 사랑하는 사람을 위해 한 사람이 상대를 구하고 자신은 희생한다.</td></tr>
<tr><td>작품</td><td>영화 〈웰컴 투 동막골〉, 〈카사블랑카〉, 드라마 〈미스터 션샤인〉</td></tr>
</table>

영화 〈웰컴 투 동막골〉은 6.25 전쟁 시기가 배경이다. 그런데 전쟁에서 비켜난 산골 오지에 '동막골'이라는 마을이 있다. 동막골에 국군, 인민군, 미군이 우연찮게 모여들어 여러 사건을 겪으

면서 결국 서로 친구가 된다. 이들은 동막골 사람들 덕분에 전쟁으로 황폐해진 마음을 달래고, 동막골을 사랑하게 된다. 마지막에 미군이 동막골을 인민굴 소굴로 오해해 폭격하려고 할 때 동막골에 있던 국군, 인민군, 미군은 힘을 모아 자신들을 희생하고 동막골 사람들을 구해 낸다. 이 희생자 플롯을 쓰면 독자들의 마음을 울리는 절절한 작품을 쓸 수 있다.

성장 플롯

구조	1. 결핍이 있는 주인공이 나온다. 2. 주인공을 변화시킬 도발적인 사건이 일어난다. 3. 주인공은 사건을 겪으면서 결핍을 극복할 수 있게 성장한다.
작품	동화 〈그림자 길들이기〉, 〈분홍문의 기적〉, 〈긴긴밤〉, 〈5번 레인〉 소설 〈경애의 마음〉, 영화 〈마스크〉

동화 〈분홍문의 기적〉에는 엄마의 죽음을 받아들이지 못하는 아빠와 주인공 향기가 나온다. 어느 날, 죽은 엄마가 요정으로 돌아와 72시간을 함께 지낸다. 그러면서 아빠와 향기는 엄마의 죽음을 받아들일 수 있게 된다. 사랑하는 이가 세상을 떠났을 때, 이를 애도하고 죽음을 받아들이는 것은 인간의 삶에서 엄청난 성장이다. 가장 흔한 성장 플롯은 소심한 성격의 주인공이 어떤 사

건을 겪으며 자기주장을 하게 되는 이야기다. 동화 〈그림자 길들이기〉, 소설 〈경애의 마음〉, 영화 〈마스크〉의 주인공이 그렇다.

촉매 플롯

구조	1. 결핍이 있는 주인공이 나온다. 2. 촉매가 되는 괴짜가 등장해 주인공의 삶에 끼어든다. 3. 주인공은 혼란스러워하지만 그의 가르침에 서서히 교화된다. 4. 주인공이 성장한다.
작품	영화 〈세 얼간이〉, 〈스쿨 오브 락〉, 〈죽은 시인의 사회〉

화학에서 촉매란 자신은 변화하지 않으면서 다른 물질의 화학 반응을 매개하여 반응 속도를 빠르게 하거나 늦추는 물질을 말한다. 영화 〈세 얼간이〉에는 인도 최고의 명문 대학을 다니는 세 학생이 나온다. 란초는 자유분방하고 창의적이며 배짱 있는 인물이다. 그의 성격은 극이 진행되면서 변하지 않는다. 하지만 란초는 두 친구 라주와 파르한이 바뀌게 돕는다. 아버지의 말에 순종만 하는 파르한과 두려움 때문에 하고 싶은 일을 제대로 하지 못하는 라주를 변화시킨다. 란초가 촉매 역할을 한 것이다.

영화 〈죽은 시인의 사회〉의 키팅 선생님과 〈스쿨 오브 락〉의 듀이 선생님 역시 촉매 역할을 한다. 두 영화에서 실질적인 주인공은 학생들이다. 영화에 나오는 두 학교는 모두 명문 학교다. 주인공들은 부모가 시키는 대로 인생을 살고 있거나, 자신감이 없다는 결핍이 있다. 이때 키팅 선생님은 스스로 제 삶을 설계하는 방법을 학생들에게 알려 준다. 듀이 선생님은 학생들에게 록Rock 음악의 저항 정신을 가르친다. 이를 통해 주인공들은 부모의 강압에서 벗어나 자기가 하고 싶은 것을 찾아가거나, 소심한 모습에서 벗어나 자기 자신을 표현할 수 있게 된다.

복수 플롯

구조	1. 주인공이 가장 소중한 것을 잃는다. 2. 공권력이 이를 해결해 주지 못한다. 3. 주인공이 직접 복수에 나선다. 4. 눈에는 눈, 이에는 이. 시원한 복수에 성공한다.
작품	영화 〈모범시민〉

영화 〈모범시민〉의 주인공 클라이드는 집으로 쳐들어온 괴한들 때문에 아내와 딸을 잃는다. 범인이 곧 잡혀 법의 심판을 받으리라 믿었지만, 담당 검사는 사법 거래를 통해 범인들을 풀어 준다. 공권력을 믿지 못하게 된 클라이드는 직접 복수에 나선다. 자기가 당한 그대로 복수하려는 사람의 심리가 잘 드러나는 복수

플롯은 옛날부터 인기가 많은 플롯이다.

발견 플롯

구조	1. 주인공은 과거를 기억하지 못하거나, 삶에서 가장 큰 위기에 빠진다. 2. 주인공은 부닥친 현실에 당당하게 맞선다. 3. 어느 정도 진실에 가까이 다가간다. 4. 놀라운 반전을 겪고, 사건의 중심에 자신이 있었음을 발견한다. 자신은 누구이고, 왜 이런 처지에 놓여 있는지 알게 된다.
작품	소설 〈살인자의 기억법〉, 〈변신 인 서울〉, 영화 〈메멘토〉, 〈조커〉, 희곡 〈오이디푸스왕〉

고대 그리스 비극 〈오이디푸스왕〉에서 테베의 왕 오이디푸스는 역병이 돌자 신탁을 받는다. 신탁 내용은 다음과 같다. 테베에 자기 아버지를 죽이고 어머니와 결혼한 사람이 있는데, 그 사람 때문에 역병이 돈다는 것이다. 오이디푸스왕은 그 사람을 반드시 잡겠다고 자신만만하게 나선다. 사건의 단서들이 나오기 시작하는데 뭔가 이상하다. 나중에 알고 보니 범인은 자신이었다. 그는 충격으로 자기 두 눈을 찔러 버린다.

소설 〈살인자의 기억법〉은 은퇴한 연쇄 살인범이 주인공이다. 그는 기억을 잊지 않기 위해 메모를 한다. 또한 딸에게 호감을 보이는 형사를 경계하려고 계속 메모를 한다. 어느 순간 진실을 마주하게 되면서 자신이 누구인지, 자신의 처지가 어떤지를 깨달으며 놀라운 반전을 맞이한다.

추적 플롯

구조	1. 도망자는 도망치고, 추적자는 그를 쫓는다. 2. 간발의 차이로 추적자는 도망자를 계속 놓친다. 3. 도망자는 잡힐 뻔하지만, 번번이 위기에서 벗어난다. 이렇게 도망과 추적을 반복한다. 4. 도망자는 도망치는 과정에서 자신의 목적을 이루어 나간다. 5. 마침내 추적이 끝나고 도망자는 평화를 찾는다.
작품	소설 〈창문 넘어 도망친 100세 노인〉, 영화 〈도망자〉

도망자가 있고, 그를 뒤쫓는 추적자가 있는 플롯이다. 추적자는 도망자가 있는 곳을 추측해서 덮치지만, 간발의 차이로 늘 도망자를 놓친다. 거의 숨바꼭질 수준이어서 보는 사람의 손에 땀을 쥐게 한다. 도망자는 자신이 이루고자 하는 목적이 있다. 영화 〈도망자〉에서 주인공 리처드는 도망치는 과정에서 자신이 아내를 살해한 범인이 아니라는 증거를 모은다. 이렇게 모은 증거로 진범을 잡는다. 마침내 추적이 끝나고 평화를 찾으며 이야기가 끝난다.

플랫폼 플롯

구조	1. 플랫폼에 사연을 가진 사람이 들른다. 2. 그 사람은 자기 이야기를 한다. 3. 1번과 2번 과정을 무한 반복할 수 있다.
작품	동화 〈이상한 과자 가게 전천당 1〉, 〈한밤중 달빛 식당〉, 소설 〈마녀식당으로 오세요〉, 영화 〈심야식당〉, 드라마 〈그레이 아나토미〉

이것은 내가 이름 붙인 플롯이다. 기차역을 생각해 보자. 플랫폼에는 기차가 하루 종일 지나다닌다. 이처럼 이야기에도 플랫폼에 해당하는 공간이 하나 있고, 기차가 오가듯 다른 이야기가 수없이 계속된다.

영화 〈심야식당〉이 그렇다. 사연 있는 사람들이 식당에 들러 추억이 담긴 음식을 주문한다. 그러고는 음식을 먹으며 자기 이야기를 들려준다. 주인장은 조용히 들어 주기만 한다. 다른 사람이 들어와 음식을 주문하고, 또 자기 이야기를 한다. 무궁무진하게 이야기를 만들 수 있는 플롯이다. 플랫폼은 식당, 빵집, 병원, 호텔 등 사람들이 드나드는 곳이라면 어디든 될 수 있다.

플랫폼 플롯은 중심 플롯 안에 서로 다른 에피소드로 삽입할 수 있는 플롯이다. 드라마 〈그레이 아나토미〉의 중심 플롯은 의사들의 성장과 사랑이다. 하지만 극 중간중간에 생과 사를 넘나드는 환자들의 사연이 들어가면서 내용을 풍성하게 만든다.

아이러니 플롯

고사성어 중에 '새옹지마塞翁之馬'라는 말이 있다. 인생에서 좋은 일과 나쁜 일은 항상 바뀌어 미래를 예측할 수 없다는 뜻이다. 이 말처럼 때로 우리 인생에서 복이 굴러 들어온 줄 알았는데 그게 화가 되며, 반대로 화가 복이 되는 일도 일어난다. 아이러니 플롯은 바로 이런 이야기를 담은 플롯이다. 아이러니 플롯을 다시 두 가지로 나누어 보자. 초반에 최고의 일이 일어났을 때와 반대로 최악의 일이 일어났을 때, 이야기는 어떻게 흘러갈까?

아이러니 플롯 1 : 내 인생에서 최고의 일이 일어났을 때

구조	1. 주인공에게는 결핍이 있으며, '이것만 해결되면 좋을 텐데.' 하는 간절한 소망이 있다. 2. 신기한 물건을 손에 넣거나, 신비한 사람을 만나서 소원이 이루어진다. 3. 처음에는 소원이 이루어져 좋아한다. 4. 일이 점점 꼬인다. 5. 결국 그것은 인생 최악의 일이 된다.
작품	동화 〈이상한 과자 가게 전천당 1〉 카리스마 봉봉 에피소드, 소설 〈마녀식당으로 오세요〉, 〈위저드 베이커리〉

소설 〈마녀식당으로 오세요〉에서는 소원을 이루어 준다는 '마녀식당'이 나온다. 어떤 여자가 마녀식당에 찾아와 자기가 좋아하는 남자와 영원히 이어 달라고 마녀에게 부탁한다. 마녀는 그

일에는 반드시 대가가 따른다고 경고하지만, 여자는 괜찮다고 한다. 여자는 좋아하는 남자와 단단히 이어지게 되는데, 오히려 그게 나중에 인생의 큰 재앙이 된다. 자기 인생 최고의 일인 줄 안 사건이 가장 최악의 일이 된 것이다.

아이러니 플롯 2 : 내 인생에서 최악의 일이 일어났을 때

구조	1. 주인공에게 인생 최악의 상황이 벌어진다. 2. 그 일 때문에 주인공 인생은 엉망이 된다. 3. 그 일 때문에 차츰 좋은 일도 생기게 된다. 4. 그 일로 인생에서 진정으로 소중한 것을 얻게 된다.
작품	영화 〈라이어 라이어〉, 〈라스트 홀리데이〉

영화 〈라이어 라이어〉의 주인공 플레처는 거짓말을 일삼는 변호사다. 아들 맥스의 생일 파티에 꼭 간다고 하고서는 가지 않는다. 맥스는 생일 소원으로 아빠가 하루만이라도 거짓말하지 않게 해 달라고 빈다. 그 순간부터 플레처는 거짓말을 못 하게 된다. 그 뒤로 인간관계가 꼬이고, 일도 엉망이 된다. 하지만 아이를 사랑하는 마음만은 진실하다는 것을 깨닫는다. 비록 거짓말을 못 하게 되어 생활은 엉망이 되었지만, 가족의 신뢰를 얻게 된다. 인생에서 벌어진 최악의 일이 좋은 결과를 만들어 낸 것이다.

영화 〈라스트 홀리데이〉의 조지아는 소심하게 살아가는 마

아이러니 플롯 1

아이러니 플롯 2

트 판매원이다. 어느 날 그녀는 시한부 판정을 받는다. 어차피 죽을 몸이라고 생각하니까 대담한 행동을 하게 되고, 그런 행동에 사람들은 매력을 느낀다. 조지아는 인생의 진정한 즐거움을 알고 사랑도 얻게 된다. 또한 병이 오진이었음이 밝혀진다. 최악의 일이 그녀를 적극적으로 살게 바꾸어 준 것이다.

아이러니 플롯을 잘 쓰면 이야기가 깊어진다. 남이 잘되었다고 시기와 질투를 할 것도 없고, 내게 나쁜 일이 생겼을 때 그걸 위장된 축복으로 생각해 보라는 인류의 지혜가 담긴 플롯이다. 어떤 일이 생겼을 때 일희일비하지 말라는 교훈도 전해 준다.

비밀 플롯

구조	1. 주인공에게 비밀이 있다. 2. 주인공은 비밀을 유지하기 위해 고군분투한다. 3. 비밀을 직면해야만 하는 위기가 닥친다. 4. 그 사실을 사람들에게 고백하고 인정하며 성장한다.
작품	동화 〈북소리〉, 〈붕어빵 잉어빵 형제〉, 〈엄마의 빨간 구두〉, 영화 〈내가 널 사랑할 수 없는 10가지 이유〉, 〈퀸카로 살아남는 법〉, 드라마 〈어글리 베티〉 속 에피소드

비밀 플롯을 잘 쓰면 이야기가 쫄깃해진다. 주인공이 가슴속에 비밀 하나를 품고 있으니 독자나 관객은 그 비밀을 들킬까 봐

조마조마한 마음이 든다. 엄마의 재혼으로 성이 다른 동생을 숨기고 싶거나, 외국인인 엄마를 숨기고 싶어 한다거나, 부모님이 시장에서 각설이 타령 하는 것을 친구들이 아는 것이 싫을 수도 있다. 그러다 친구들에게 들킬 뻔한 위기도 맞는다. 결국 주인공은 비밀을 지키는 것보다 소중한 사람과의 관계가 중요하다는 걸 깨닫게 되며 성장한다. 이 플롯은 작품의 주요 플롯으로 쓸 수도 있고, 작품 속 하나의 에피소드로 쓸 수도 있다.

드라마 〈어글리 베티〉에는 이런 비밀 플롯 에피소드가 종종 나온다. 한 에피소드를 살펴보자. 베티 회사의 동료 직원 마크는 게이다. 마크는 엄마에게 자신이 게이라는 사실을 아직 말하지 못했다. 그래서 마크는 베티에게 여자 친구 행세를 해 달라고 한다. 베티는 마크와 마크 엄마를 집으로 초대한다. 나중에 마크 엄마는 마크에게 베티네 가족 흉을 보고 비난을 한다. 마크가 그러지 말라고 하지만 엄마는 험담과 비난을 멈추지 않는다. 결국 마크는 폭발하여 자신이 게이임을 밝힌다. 엄마는 화를 내며 떠나고, 마크는 엄마가 자기처럼 매력적인 사람을 가족으로 받아들이지 못하면 그건 엄마 손해라고 쿨하게 말한다. 마크는 자신의 비밀을 처음에는 숨기려고 애쓰지만, 삶에서 중요한 건 자기 자신을 있는 그대로 나타내는 것이라는 사실을 깨닫게 된다.

작품 초반에 비밀을 말했다면, 절정부에서는 반드시 그 비밀이 밝혀져야 한다는 게 포인트!

애어른-어른아이 서로 구원 플롯

구조	1. 어른아이와 애어른이 만났을 때, 어른과 아이는 각각 자기만의 결핍이 있다. 2. 아이가 어른의 도움을 절실하게 요청한다. 3. 처음에는 어른이 아이를 거부한다. 4. 어른이 아이를 진심으로 받아들일 수밖에 없는 감정 변화가 일어난다. 5. 아이가 어른의 아픔을 치유해 준다. 6. 아이에게 위기가 닥친다. 7. 결정적 순간에 어른이 아이를 구해 준다. 8. 어른은 아이 덕분에 성장한다.
작품	소설 〈오늘의 민수〉, 영화 〈어바웃 어 보이〉, 〈업타운 걸스〉

영화 〈어바웃 어 보이〉와 〈업타운 걸스〉는 동일한 플롯을 가지고 있다. 애어른과 어른아이가 만나 서로가 서로의 나이에 걸맞은 모습을 찾게 해 주고, 인생을 구원해 준다는 플롯이다. 그런 의미에서 '애어른-어른아이 서로 구원 플롯'이라고 이름 붙였다. 이 두 작품에 등장하는 어른들은 겉으로는 어른이지만 속은 아이처럼 여리고 상처를 간직한 어른아이다. 주인공 아이들은 겉으로 볼 때는 어른스러운 애어른이다.

주인공들은 각자 결핍이 있다. 〈어바웃 어 보이〉에서 윌은 혼자 고립된 삶을 살며 사람들과 깊은 관계를 맺지 않으려는 어른아이다. 애어른인 마커스에게는 감정 기복이 심한 엄마가 있다.

엄마에 대한 불안을 떨치려고 수업 시간에 자꾸 노래를 불러 왕따가 된다. 처음에 윌은 아이를 받아들이지 못하고 귀찮아하지만, 점점 아이를 진심으로 돌봐 주어야겠다는 생각이 든다. 하지만 아이가 먼저 어른에게 큰 도움이 된다. 마커스는 윌이 데이트를 할 수 있게 아들 노릇을 해 준다. 그러다 아이에게 위기가 닥치고, 어른이 아이를 구해 준다. 이 부분이 영화의 절정이다. 윌은 마커스가 전교생 앞에서 엄마가 좋아하는 노래를 부르기로 했다는 걸 알게 된다. 윌은 학교로 뛰어가 함께 노래를 부르고 마커스 대신 망신을 당한다. 이렇게 어른이 아이를 구한다. 하지만 결국 아이로 인해 어른의 인생이 바뀐다. 섬처럼 혼자 외따로 살던 윌은 마커스 때문에 알게 된 사람들과 잘 어울려 지내며 사회성을 회복한다.

변모 플롯

구조	1. 사소한 일로 주인공의 인생이 바뀌지만, 이때는 원래 성격이 크게 바뀌지는 않는다. 2. 주인공에게 강한 영향력을 주는 사건이 생겨 성격에 변화가 일어난다. 3. 극적인 사건으로 주인공은 자신이 나아갈 길을 정하고, 완전히 다른 사람이 된다.
작품	영화 〈다크 나이트〉, 〈배트맨 비긴즈〉, 〈오즈 그레이트 앤드 파워풀〉, 〈조커〉

변모 플롯은 주인공이 갖가지 사건을 겪으면서 전혀 다른 성격을 가진 사람으로 변모하는 이야기다. 악한 사람이 어떤 일을 겪으며 선한 사람이 되기도 하고, 평범한 사람이 악당이 되기도 한다.

영화 〈조커〉는 고담시의 존재감 없던 아웃사이더 아서가 미치광이 악당 조커로 변모해 가는 이야기다. 변모의 첫 번째 단계는 조커가 동료에게서 우연히 총을 얻은 일이다. 그러다 지하철에서 자기를 못살게 괴롭히는 사람들에게서 벗어나려고 총을 쏜다. 첫 번째 살인이다. 이때 아서는 미친 듯이 뛴다. 아직은 아서에게 양심이 있다. 변모하고 있으나 시작 단계라는 것이다. 그런데 아이러니하게도 살인을 저지르자 아서는 사람들로부터 관심을 받게 된다. 자신을 영웅 취급하는 텔레비전 보도를 보며 아서는 발작할 때 웃는 과장된 웃음이 아니라 진정으로 만족스러운 미소를 짓는다.

변모의 두 번째 단계는 주인공에게 강력한 변화가 생기는 사건이다. 조커는 엄마가 입원했던 병원에서 진실을 마주하게 된다. 엄마의 진료 기록을 보면서 자신에게 뇌 손상이 온 이유, 웃지 말아야 할 때 웃어서 오해받은 세월, 그러다 맞아 죽을 뻔해서 살인까지 저지른 게 다 엄마의 학대 때문이라는 걸 깨닫는다. 조커는 엄마를 죽이고 만다. 두 번째 살인을 한 것이다. 그런 다음 아서는 텔레비전 쇼에 출연하기 위해 빨간 양복을 입고 계단을 내려오면서 춤을 춘다. 이때 아서는 영화 전체를 통틀어 가장 편안하고 행복해 보인다. 왜냐면 자기가 불행한 이유를 알았기 때문이다. 불행의 근원이 엄마였는데, 엄마를 죽였으니 얼마나 해방감을 느꼈겠는가?

영화 초반에 조커가 "정신병이 힘든 건 아닌 척해야 하기 때문이다."라고 말하는 장면이 나온다. 이건 그동안 정상인 척하고 사느라 삶이 계단 오르는 것처럼 힘들었다는 뜻이다. 이제는 그렇게 살지 않겠다는 것이다. 사이코면 사이코답게 살겠다는 것이다. 이제 변모가 확실히 속도를 낸다. 하지만 이때도 경찰이 다가오자 엄청난 속도로 뛴다. 조커로 완성된 게 아니라는 뜻이다. 아직도 양심이 살아 있고, 경찰을 두려워한다.

마침내 극적인 사건이 일어나면서 조커는 자신이 나아갈 길을 확실히 정하고 전혀 다른 인물로 변모하게 된다. 조커는 텔레비전 쇼에서 자신을 우스갯감으로 삼은 머레이를 죽인다. 아서는 특별한 사람이 되고 싶은 욕망이 있었다. 실제로 스튜디오에서 머레이를 죽이고 나자 그는 진짜 특별한 사람이 된다. 아서가 분노하는 모습에 대중들이 열광한 것이다. 사람들은 호송하는 경찰차에서 그를 구출하고 영웅으로 대접한다.

엔딩 부분에서도 조커가 뛴다. 상담 후 바닥에 난 핏빛 발자국은 그가 상담사를 죽인 것을 암시한다. 그런 그를 누군가 잡으려고 쫓아간다. 이때 아서는 장난치듯이 뛴다. 이제 고담시 사이코 악당 조커가 탄생한 것이다. 주인공이 살인을 저지른 뒤에 뛰는 모습의 변화만으로도 변모 플롯을 잘 보여 주는 작품이다.

라이벌 플롯

구조	1. 주인공과 라이벌이 대등한 위치에 있다. 2. 주인공의 위치는 최하로 떨어지고, 라이벌은 최고의 위치에 오른다. 3. 다시 대등하게 겨룰 수 있는 기회가 생긴다. 4. 라이벌이 비열한 수법을 쓰지만 주인공이 이긴다.
작품	영화 〈글래디에이터〉, 〈벤허〉

영화 〈글래디에이터〉는 2001년 아카데미 작품상을 비롯해 5개 부문에서 수상했고, 〈벤허〉는 1960년 아카데미 작품상을 비롯해 11개 부문에서 수상했다. 둘 다 아카데미 작품상 수상작이라는 공통점도 있지만, 고대 로마 제국 시대를 배경으로 한다는 점도 비슷하다. 또한 두 작품은 플롯이 놀랍도록 일치한다. 라이벌 플롯으로 극을 진행했기 때문이다. 이 플롯은 인간 본연의 경쟁심을 보여 주기 때문에 인기가 있다.

〈글래디에이터〉와 〈벤허〉에는 주인공과 그의 라이벌이 등장한다. 서기 180년, 〈글래디에이터〉의 주인공 막시무스는 로마 황제 아우렐리우스의 총애를 받는 장군이다. 황제는 자신의 아들인 코모두스가 아니라 막시무스에게 왕위를 물려주려고 한다. 막시무스와 코모두스 모두 왕위 계승이 가능하다는 점에서 처음에는 대등한 위치에 있다. 서기 26년, 〈벤허〉의 주인공인 유대인 벤허는 예루살렘 최고의 귀족이다. 메살라는 로마인이지만, 벤허의 오랜 친구다. 메살라가 로마군 사령관이 되어 돌아왔을 때 둘은 창 겨루기로 우정을 나누는 대등한 관계다.

그러다 주인공의 위치는 바닥으로 떨어지고, 라이벌은 최고의 자리에 오르는 사건이 일어난다. 〈글래디에이터〉에서 코모두스는 자신을 무시하는 황제에게 분노하여 황제를 살해하고 스스로 황제가 된다. 그런 다음 막시무스의 가족을 모두 죽인다. 막시무스는 노예잡이들에게 붙들려 간다. 〈벤허〉에서는 신임 총독이 부임하는 행사에서 벤허의 여동생이 실수로 총독에게 부상을 입힌다. 메살라는 이를 고의적인 사건으로 몰고 벤허의 어머니와 여동생을 감옥에 보낸다. 벤허는 노예로 팔려 간다.

우여곡절 끝에 막시무스는 검투사가 되고, 벤허는 전차 경주 선수가 되어 인기와 명성을 쌓는다. 결국 두 사람은 다시 자신의 라이벌과 겨룰 수 있는 기회를 갖게 된다. 라이벌은 모두 비열한 수법을 써서 주인공을 이기려고 한다. 코모두스는 단검으로 막시무스를 찔러 치명상을 입힌 뒤 결투에 나선다. 메살라는 바퀴에 칼이 달린 전차를 타고 주인공의 전차에 부딪혀 치명적인 위협을 주려 한다. 하지만 대결에서 결국 주인공이 승리한다.

체인지 플롯

구조	1. 서로 몸이 바뀌는 대상은 성격이 정반대 인물이거나 서로 앙숙이다. 2. 두 사람 모두 자신의 일생에서 아주 중요한 일을 앞두고 있다. 3. 서로 몸이 바뀌는 계기가 있다. 4. 몸을 다시 바꿀 단서를 찾아서 희망을 가지고 노력하지만 바뀌지 않는다. 5. 처음에는 자기의 방식을 고집하며 서로 다투다가 협상하기에 이른다. 6. 상대에게 감정이입을 할 수 있는 사건이 생긴다. 7. 주인공들이 인생에서 놓치고 있던 가장 중요한 사실을 깨닫는 순간, 또는 서로를 이해하게 되는 순간 몸이 다시 바뀐다. 8. 서로 이해하지 못하는 다른 한 쌍이 바뀔지 모르는 위기가 닥친다.
작품	동화 〈고양이가 되어 버린 나〉,〈바꿔!〉, 영화 〈내안의 그놈〉, 〈보이 걸 씽〉, 〈아빠는 딸〉, 〈체인지〉, 〈프리키 프라이데이〉, 드라마 〈시크릿 가든〉

영화 〈내안의 그놈〉에서는 건달 출신의 잘나가는 조폭 사업가와 학교에서 왕따당하는 찌질한 고등학생의 몸이 서로 바뀐다. 영화 〈프리키 프라이데이〉는 서로를 이해하지 못하는 완벽주의자 엄마와 반항적인 사춘기 딸의 몸이 바뀐다. 이들은 각각 결혼식과 중요한 오디션을 앞두고 있다. 이런 작품에서 영혼이 바뀌는 계기는 다양하다. 영혼을 바꾸는 포춘 쿠키, 은행나무, 박물관 고대 석상 같은 신비한 사물과 연관되거나, 또는 높은 곳에서 떨어진다거나 번개를 맞는 등의 사건을 만나 영혼이 바뀐다.

〈프리키 프라이데이〉에서 엄마와 딸은 서로 바뀐 몸으로 살면서 전혀 몰랐던 세계를 접하고, 상대가 겪는 어려움을 알게 된다. 서로에게 연민과 공감이 생기고, 상대가 왜 그런 행동을 할 수밖에 없었는지 이해하기 시작한다. 그 순간 비로소 몸이 원래대로 돌아간다. 〈내안의 그놈〉에서는 건달 판수가 성공보다는 사랑의 소중함을 알게 되고 성공 때문에 버렸던 여자와 함께하기로 결심하는 순간, 몸이 다시 바뀐다. 영화 마지막에 또 다른 체인지를 예고하는 장면이 나오는 경우가 많다. 〈프리키 프라이데이〉에서 중국집 주인이 옥신각신하는 또 다른 커플에게 포춘 쿠키를 주는 설정이 그렇다.

이 플롯이 인기가 많은 이유는 인간은 자기 자신과는 다른 존재의 마음을 알고 싶은 판타지가 있기 때문이다.

추리 플롯

구조	1. 사건이 발생한다. 2. 유력한 용의자 1 - 범인이 아니다. 3. 유력한 용의자 2 - 범인이 아니다. 4. 유력한 용의자 3 - 범인이 아니다. 5. 반전 인물이 범인이다.
작품	동화 〈유령 호텔에 놀러 오세요〉, 〈스티커 탐정 컹크〉, 소설 〈붉은 낙엽〉, 영화 〈서치〉, 드라마 〈CSI〉

사건의 범인이 누구인지 찾는 플롯이다. 작가의 역량은 이 플

롯 안에 독자를 감쪽같이 속일 수 있는 용의자 1, 2, 3을 만드는 것이다. 그리고 의외의 인물을 범인으로 만드는 일이다. 때로는 주인공과 가장 가까운 조력자, 혹은 주인공에게 사건 해결을 지시한 상사가 범인일 수도 있다. 용의자 중 알리바이가 확실해서 용의선상에서 일찌감치 제외되었던 인물이 범인일 수도 있다.

영화 〈서치〉는 추리 플롯으로 이야기가 전개된다. 어느 날, 주인공 데이비드의 딸인 고등학생 마고가 사라진다. 데이비드는 딸의 행방을 찾아 헤맨다. 로즈메리라는 여자 경찰이 그를 돕는다. 데이비드는 딸의 SNS를 추적해 나간다. 로즈메리는 딸이 가출한 거라고 데이비드에게 말한다. 그럴 만한 정황이 처음에 나온다. 하지만 데이비드는 CCTV와 딸의 인터넷 사용 기록을 조합해 계속 수사를 해 나간다.

데이비드는 첫 번째 용의자로 마고와 같은 학교에 다니는 남학생을 의심한다. 하지만 그 남학생은 범인이 아니었다. 데이비드는 마침내 딸이 사라진 곳이 딸이 자주 가던 호수라는 정황을 잡는다. 호수 바닥에서 마고의 차가 발견된다. 두 번째 용의자로 데이비드는 동생 피터를 의심하지만 피터 역시 범인이 아니었다. 그러다 범죄자 출신의 한 남자가 자신이 범인이라며 자살하는 사건이 벌어진다. 누가 봐도 그 사람이 범인인 것으로 보인다. 결국 데이비드는 마고의 장례식을 준비한다. 그러다 엄청난 진실을 알게 된다. 진짜 범인은 전혀 예측하지 못한 인물이었던 것!

유혹 플롯

구조	1. 주인공에게 결핍이 있다. 2. 주인공에게는 적대자나 라이벌이 있어 괴롭다. 3. 주인공은 현실에서 도망치고 싶어 하거나, 자신의 능력을 뛰어넘는 문제를 해결하고 싶어 한다. 4. 유혹물이 등장한다. 5. 유혹물에는 대가가 따른다. 6. 유혹의 시도가 처음에 대만족이다. 7. 원하는 걸 얻었을 때 자꾸 일이 꼬일 수도 있고, 승승장구할 수도 있다. 8. 자기 힘으로 해결하고 싶어 유혹물을 거부하지만 어쩔 수 없이 '딱 한 번만!' 사용하기로 한다. 9. 주인공이 문제를 깨닫고, 상황을 직면하기로 결심한다. 10. 주인공이 자기 힘으로 문제를 풀고, 유혹물 또는 유혹자를 물리친다.
작품	동화 〈그림자 길들이기〉, 〈시간 가게〉, 〈황금 깃털〉, 〈한밤중 달빛 식당〉, 〈잔소리 붕어빵〉, 소설 〈마녀식당으로 오세요〉, 〈위저드 베이커리〉, 애니메이션 〈도라에몽〉, 영화 〈어바웃 타임〉, 〈클릭〉, 드라마 〈나인〉

유혹 플롯 안에는 인간의 내밀한 욕망이 들어 있다. 사람들은 자기 삶의 문제를 '도라에몽'처럼 강력한 조력자가 나타나 해결해 주기를 원한다. 하지만 결국에는 주인공이 자신의 힘으로 삶의 문제를 해결할 수밖에 없다. 그게 삶의 진실이기 때문에 이 플롯은 인기가 있다.

유혹 플롯에서 중요한 것은 주인공에게 절실한 결핍이 있어야 한다는 점이다. 동화 〈황금 깃털〉의 주인공 해미는 자신을 돌봐 주던 할머니의 죽음으로 슬픔에 빠진다. 또 왕따 가해자 무리에 들어감으로써 갈등하게 된다. 동화 〈시간 가게〉의 주인공 윤아는 성적이 성공의 기준이라고 생각하는 아이다. 항상 전교 2등만 하는데 전교 1등을 해서 엄마에게 인정받고 싶어 한다. 성적, 왕따, 가족의 죽음, 가정불화, 외모, 돈, 이성 문제 등은 모두 결핍이 될 수 있다. 동화라면 '엄마의 잔소리' 같은 것도 결핍이 될 수 있다. 동화 〈잔소리 붕어빵〉에 나오는 주인공의 결핍처럼 말이다. 유혹 플롯에서 적대자나 라이벌이 나오는 이유는 그들이 주인공의 자극제가 되기 때문이다.

〈황금 깃털〉에서 해미는 왕따 사건에 연루되어 지금의 삶에서 도망치고 싶어 한다. 〈시간 가게〉에서 윤아는 공부하랴 학원 가랴 늘 시간이 모자란다. 그때 주인공을 도와줄 유혹물이 등장한다. 이때 유혹자와 유혹의 상황을 정하면 된다. 식당, 빵집, 가게, 마법의 성 등 구체적인 장소를 정하고, 신비한 분위기를 잘 드러내 주면 성공이다.

그다음은 유혹의 대가를 정한다. 〈황금 깃털〉에서 마법사는 해미에게 황금 깃털을 다 쓴 뒤에 그 깃털을 달라고 한다. 〈시간 가게〉에서는 시간을 주는 대가로 시간 가게 주인이 윤아에게 기억을 달라고 한다. 이런 식으로 추억에 얽힌 향기라든가, 새로운 유혹의 대가를 만들어 보는 건 어떨까?

유혹의 시도가 처음에는 대만족이면 좋다. 이 유혹물 덕분에 나도 좋고 가족도 좋고 모두가 행복해지는 상황이 벌어진다. 〈시간 가게〉에서 윤아는 승승장구한다. 하지만 원하는 걸 얻어도 일이 자꾸 꼬일 수 있다. 〈황금 깃털〉에서는 해미가 과거로 돌아갔는데 일이 더 꼬인다. 다시 돌아가고, 또 돌아가지만 상황은 계속 나빠진다.

처음에 주인공은 유혹물을 거부하지만, 어쩔 수 없이 딱 한 번만 사용하기로 한다. 이때부터는 주인공이 이상해진다. 〈시간 가게〉에서는 기억을 잃은 윤아가 이상한 행동을 하게 된다. 주인공은 마침내 문제를 깨닫고, 상황을 직면하기로 결심한다. 이때 가장 중요한 건 이 유혹물을 어떻게 처리하고, 대가를 어떻게 치를 것이냐다. 유혹자를 찾아가 거래를 무르자고 해야 한다. 그러고 나서 주인공은 마침내 만족스러운 결과를 얻는다. 예전에 친구에게 잘못한 게 있다면 용기 내어 사과한다. 반전은 오히려 유혹물 없이 자기 힘으로 해낸 일이 좋은 결과를 가져온다는 것이다.

이 유혹물이 다른 사람을 찾아가면서 마치 2편을 예고하는 것처럼 끝나도 좋다. 〈그림자 길들이기〉에서는 소심한 동우 대신 그림자가 동우를 놀리는 친구들을 혼내 준다. 나중에 동우는 자신의 힘으로 어려움을 극복할 수 있게 된다. 그런 동우 눈에 다른 친구의 그림자가 친구 대신 나서는 모습이 보인다. 이처럼 다른 인물이 다음 시리즈의 주인공으로 연결될 것 같은 분위기를 주고 마무리해도 좋다.

동행 플롯

구조	1. 전혀 안 어울리는 두 사람이 엮이되, 둘의 차이가 크면 클수록 재미있다. 2. 거부할 수 없는 미션이 주어진다. 3. 첫 만남에서 상대 때문에 깜짝 놀라게 된다. 4. 동행 도중 상대를 이해하게 된다. 5. 위기가 닥치고 상대에게 배신감을 느낀다. 6. 방해물과 정면 대결을 한다. 7. 서로 신뢰하는 모습을 보여 준다. 8. 두 사람은 진정한 동반자가 된다. 9. 주인공이 성장한다.
작품	영화 〈킬러의 보디가드〉, 〈그린북〉

동행 플롯이란 전혀 안 어울리는 두 사람이 함께 길을 떠나 서로 변하고 마침내 진정한 친구가 되는 이야기다. 두 사람이 처음에는 엄청 싫어하는 사이였다가 점점 환상적인 파트너가 되어 가는 걸 보여 주면 된다. 실제 삶에서는 코드가 잘 맞는 사람들끼리 어울리기 마련이지만, 작품에서는 만나면 서로 고개를 절레절레 흔들 것 같은 사람들끼리 붙여 놔야 한다.

영화 〈킬러의 보디가드〉의 주인공은 보디가드 마이클과 킬러 다리우스다. 마이클은 예전에 한 번도 실패한 적 없는 경호원으로 명성이 자자했다. 하지만 한 일본인 무기 거래상의 경호를 맡았다가 경호 마지막 단계에서 그 무기 거래상이 살해당하면서 명성이 추락하고 만다. 다리우스와 마이클은 서로를 여러 차례 죽일 뻔한 적이 있는 원수 사이이다. 그런 두 사람에게 동행할 수밖에 없는 사연이 생긴다. 벨라루스의 독재자였던 전 대통령 두코비치가 민간 학살 혐의로 국제 사법 재판을 받아야 하는데, 출석하기로 한 증인들이 모두 살해당한다. 유일하게 남은 증인이 바로 다리우스다. 인터폴에서는 감옥에 갇혀 있는 그의 아내를 석방해 주는 조건을 내걸고 다리우스에게 증인으로 나서 달라고 한다. 다리우스는 이에 응한다. 하지만 인터폴 내부에 첩자가 있어 인터폴이 다리우스를 헤이그까지 데려다주기에는 무리가 있다. 마이클에게 다리우스의 경호를 맡아 달라는 의뢰가 들어오고, 조건은 예전처럼 사회적 지위를 높여 주겠다는 것이다. 다리우스와 마이클은 어쩔 수 없이 헤이그까지 동행하기로 한다.

곧 그들이 있는 안전 가옥에 킬러들과 인터폴이 들이닥친다. 도망치면서도 매사에 꼼꼼하고 신중한 마이클과 우발적인 성향의 다리우스, 둘은 계속 옥신각신한다. 마이클은 다리우스에게 운전도 못 하게 한다. 못 믿으니까 말이다. 그러나 둘은 여정을 함께 하면서 차츰 서로를 이해하게 된다. 두 사람은 마이클의 네덜란드 집에 무사히 도착한다. 하지만 또다시 돌발 행동을 하는 다리우스! 그는 혼자 나가서 수감된 아내에게 보여 줄 튤립을 산다. 다리우스는 악당들에게 쫓기게 되고, 이를 마이클이 뒤에서 다 처리해 준다. 나중에 마이클은 자기를 몰락시킨 사람이 다리우스라는 걸 알게 되어 분노하지만, 이내 쫓기는 다리우스를 살리기 위해 나선다. 마이클은 악당들에게 잡혀 고문을 받는다. 그때 다리우스가 마이클을 구해 준다. 마이클은 다리우스에게 운전을 맡긴다. 자기 차를 맡긴다는 건 상대를 인정한다는 뜻이다.

두 사람은 천신만고 끝에 헤이그의 재판정에 재판 종료 5분을 남기고 들어간다. 다리우스는 두코비치의 만행을 만천하에 증언한다. 그러자 두코비치는 다리우스에게 총을 쏘고, 이를 마이클이 대신 맞는다. 다리우스 역시 마이클에게 총을 쏜 두코비치를 응징한다. 두 사람은 서로를 신뢰하는 파트너의 모습을 보여 준다. 또한 마이클은 다리우스를 통해, 자신의 잘못을 남에게 떠넘기지 않고 인정하는 모습으로 성장한다.

추구 플롯

구조	1. 주인공에게는 표면적 목표가 있다. 2. 주인공은 그 목표를 이루기 위해 모험을 떠난다. 3. 주인공은 여러 사건을 겪는다. 4. 목표를 이루지 못하게 되는 위기를 맞는다. 5. 주인공은 표면적 목표를 이루지는 못하지만, 이면적 목표인 깨달음을 얻고 성장한다.
작품	동화 〈파랑새〉, 소설 〈돈키호테〉, 〈서유기〉, 〈하이킹 걸즈〉, 애니메이션 〈올라프의 겨울왕국 어드벤처〉, 영화 〈스탠바이 미〉, 서사시 〈길가메시 서사시〉

추구 플롯은 인류 역사상 가장 오래된 플롯이다. 그만큼 사람들에게 사랑받는 플롯이다. 주인공은 삶에서 진심으로 원하는 게 생긴다. 그게 표면적 목표다. 그것을 추구하기 위해 길을 떠나고, 그걸 얻기 위해 애를 쓴다. 그런데 주인공은 그 표면적 목표를 이룰까, 못 이룰까? 못 이루는 경우가 많다. 그럼 이번 생은 망했다고 흔히 생각하게 된다. 하지만 주인공은 그리 불행하지 않다. 목표를 추구하는 과정에서 다른 깨달음을 얻었기 때문이다. 그게 이면적 목표다. 주인공은 애초에 원한 것을 얻지는 못했지만, 목표를 추구하는 과정에서 다른 걸 얻고 성장한다.

벨기에의 극작가 모리스 마테를링크의 동화 〈파랑새〉는 틸틸과 미틸 남매가 행복의 파랑새를 찾으러 떠나는 이야기다. 틸틸과 미틸은 파랑새를 찾으러 빛의 요정, 우유 요정, 빵 요정, 불 요정, 사탕 요정, 개와 고양이와 함께 길을 떠난다. 나중에 고양이가 원래 모습으로 돌아가는 게 싫어서 배신하는 설정도 나온다. 동화에서는 주인공과 친구들이 떠들썩하게 모험을 떠나는 재미가 있다. 남매는 추억의 나라, 밤의 궁전에서 파랑새를 찾는다. 하지만 파랑새는 손에 들어오면 다 죽는다. 남매는 모험 끝에 파랑새를 얻지 못하고 집으로 돌아온다. 집에 왔더니 파랑새는 새장 안에 있었다. 남매는 행복은 멀리 있는 게 아니라는 걸 깨닫는다.

어쩌면 글 쓰는 것 자체가 추구 플롯일지 모른다. 흔히 공모전에 수상하고, 당장 책을 내고, 연재를 시작해야 작가로서 성공한 거라고 여길 수 있다. 하지만 작가 공부를 하면 할수록 삶에 대한 깊은 통찰을 얻게 된다는 사실을 깨닫는다. 캐릭터와 플롯 등을 통해서 폭넓게 인생 공부를 하기 때문이다. 그래서 글쓰기가 더욱 즐거운 것이 아닐까? 이 책을 보는 여러분도 지금 당장은 원하는 걸 이루지 못할 수 있다. 하지만 "나는 지금 잘하고 있다. 작가 공부를 하는 것 자체가 즐거운 일이다."라고 주문을 걸며 즐겁게 글을 써 보기 바란다. 작가로 살면서 얻으려는 행복의 파랑새는 바로 지금 여러분 곁에 있을 테니 말이다.

신화 영웅 플롯 12단계

이번에는 할리우드에서 사랑받는 시나리오 기법인 신화 영웅 플롯 12단계를 소개하려고 한다. 〈스타워즈〉를 만든 조지 루카스 감독은 작품 속에 신화 영웅 플롯을 사용하였다. 〈스타워즈〉 시리즈가 대히트를 치자 조지 루카스는 조지프 캠벨의《천의 얼굴을 가진 영웅》에서 영감을 얻었다고 밝혀 큰 화제가 되었다.

조지프 캠벨은 전 세계 신화를 비교 연구한 미국의 신화학자다. 그는 수천 년 동안 전 세계 문화권에서 이어져 온 영웅 이야기를 연구해 왔고, 서로 교류가 없는 문화권의 영웅 이야기에도 공통적인 플롯이 있다는 걸 알게 되었다.《천의 얼굴을 가진 영웅》에 따르면, 영웅은 1막 분리의 단계, 2막 입문의 단계, 3막 귀환을 거쳐 모두 세계의 주인이 되고 삶을 자유롭게 살 수 있게 된다.

1막 : 1. 일상 세계 2. 모험의 소명 3. 소명의 거부 4. 정신적 스승과의 만남 5. 관문 돌파

2막 : 6. 시험, 협력자와 적대자 7. 동굴 가장 깊은 곳으로의 접근 8. 시련 9. 한 줄기 빛

3막 : 10. 정면 대결 11. 부활 12. 영약을 가지고 일상으로 귀환

〈스타워즈〉를 비롯해 수많은 영화의 이야기 전개가 놀라울 정도로 이 12단계에 들어맞는다. 〈타이타닉〉, 〈라이온 킹〉, 〈미스 페레그린과 이상한 아이들의 집〉, 〈엣지 오브 투모로우〉, 〈스파이더 맨 : 파 프롬 홈〉, 〈매트릭스〉, 〈닥터 스트레인지〉 등이 대표적이다. 이 플롯을 익히고 나면 여러분도 이런 작품을 쓸 수 있다는 말이다.

영화 〈겨울왕국 2〉를 예로 들어 3막 12단계 플롯을 설명해 보겠다.

1막_ 분리의 단계

1. 일상 세계

아렌델 왕국에서 엘사, 안나, 올라프는 평화롭게 지낸다. 하지만 이들 마음속에는 저마다 불안이 도사리고 있다. 엘사는 자꾸만 이곳이 자기가 있을 곳이 아니라는 생각이 든다. 안나는 지금이 너무 행복해서 혹시라도 상황이 변할까 봐 불안하다. 올라프는 어른이 될까 봐 두렵다.

2. 모험의 소명

엘사는 자신의 마법의 힘이 세질수록 잠들었던 마음이 살아난다고 느낀다. 어느 날 엘사는 그 소리에 응하여 미지의 세계로 가겠다고 한다. 물, 불, 바람, 땅의 정령이 깨어난다.

3. 소명의 거부

하지만 엘사는 소중한 사람들을 떠날 수가 없다. 엘사가 소명을 거부하자 물, 불, 바람, 땅의 정령은 화가 나서 아렌델 왕국을 뒤흔든다.

4. 정신적 스승과의 만남

엘사와 안나 자매는 트롤을 만나 미션을 받는다. 트롤에게서 과거의 진실이 왜곡되어 있고, 잘못된 일을 바로잡아야 미래가 있다는 말을 듣는다.

5. 관문 돌파

자매는 아렌델 왕국을 구하기 위해 마법의 숲으로 가기로 결심한다. 자매와 올라프, 스벤, 크리스토프가 같이 간다. 마법의 숲은 저주에 걸린 채 안개로 둘러싸여 나올 수도 들어갈 수도 없는 곳이다. 엘사가 손을 대자 안개가 걷히고, 일행은 본격적인 모험의 세계로 들어간다.

6. 시험, 협력자와 적대자

마법의 숲에서 노덜드라 사람들과 할아버지의 근위대를 만난다. 이때 불의 정령 브루니가 엘사를 시험한다. 엘사는 힘에 겨워하면서도 끝내 불을 끄고 브루니를 만난다. 그리고 예전에 아버지를 살린 사람이 엄마였고, 엄마가 노덜드라 사람이라는 것을 알게 된다. 엘사는 숲의 저주까지 풀기로 약속한다. 허니마린이라는 소녀가 엘사가 두른 스카프를 보고 다섯 번째 정령 이야기를 해 준다. 엘사는 엄마가 불러준 자장가를 떠올리며 아토할란으로 가려 한다. 자매는 노덜드라 사람들을 위협하는 바위 거인들이 있다는 걸 알고 떠나기로 한다. 바람의 정령이 방향을 알려 준다.

7. 동굴 가장 깊은 곳으로의 접근

엘사, 안나, 올라프가 닿은 해안에 부모님의 배가 있다. 부모님은 엘사가 가진 마법의 근원인 아토할란에 가기 위해 어둠의 바다를 지나다가 목숨을 잃은 것! 엘사는 자신이 가진 마법의 근원을 찾고 아렌델 왕국을 살리려면 아토할란에 가야 한다고 생각한다. 엘사는 안나와 올라프가 걱정되어 둘을 얼음 배에 띄워 보내고, 혼자 거친 북쪽 바다와 마주한다. 엘사는 파도에 도전하고 실패하기를 되풀이한다. 물의 정령 노크가 나타나 엘사를 방해하지만, 결국 엘사는 노크의 고삐를 잡는 데 성공한다. 한편 안나는 올라프와 함께 바위 거인들을 피해 어느 동굴에 다다른다.

8. 시련

아토할란에 도착한 엘사는 자신이 다섯 번째 정령이라는 걸 알게 된다. 그리고 진실을 마주하기로 한다. 엘사는 더 낮은 곳으로 가면 안 된다는 금기를 어기고 진실을 찾아 더 깊은 곳으로 내려간다. 결국 할아버지가 노덜드라 사람들을 배신하고 마법의 힘을 증오했다는 걸 알게 된다. 엘사는 그만 온몸이 얼어붙고 만다. 엘사는 마지막 힘을 모아 안나에게 진실의 메시지를 보낸다. 안나는 언니가 보낸 메시지를 받고, 할아버지의 잘못을 알게 된다. 그 순간 엘사의 마법으로 만들어진 올라프가 죽고 안나는 좌절한다. 안나가 가장 두려워하던 상황이 온 것이다. 엘사와 올라프가 없는 상황! 두려움 때문에 안나는 모든 것을 포기하려고 한다. 이 장면이 허위 결말이다.

9. 한 줄기 빛

안나는 마음을 추스르고 자기가 할 일을 하기로 마음먹는다. 유아기적 의존성을 버리고 혼자 스스로 결단을 내려 댐을 부수기로 한다. 댐을 부수면 아렌델 왕국이 큰 피해를 입을 수 있지만 과거 할아버지의 잘못을 되돌릴 수 있다고 생각했기 때문이다.

10. 정면 대결

안나는 바위 거인을 깨워 댐을 부수게 하고, 근위대도 설득한다. 댐이 무너져 물이 쏟아져 나오고, 아렌델 왕국은 물에 잠길 위기에 놓인다.

11. 부활

그 순간 엘사가 부활한다. 물의 정령 노크를 타고 돌아와 아렌델 왕국을 구한다.

12. 영약을 가지고 일상으로 귀환

엘사는 안나를 만나러 온다. 안나는 엘사가 다섯 번째 정령이라는 걸 알게 된다. 엘사는 다리는 양쪽이 있어야 한다고 말하며, 인간인 안나와 정령인 엘사 둘이 함께 이 영웅적인 일을 해낸 것을 자축한다.

엘사는 다시 올라프를 만들고, 크리스토프는 안나에게 청혼한다. 안나는 여왕이 된다. 안나는 여왕이 될 만한 책임감, 독립심, 리더십 등을 모험을 겪으면서 증명해 냈다. 올라프가 "이 숲이 우릴 바꿨어요."라고 말한다. 모험의 여정을 통해 주인공들이 영웅으로 변모한 것을 상징하는 대사다.

웹소설 기본 플롯

요즘 콘텐츠 시장에서 인기를 끌고 있는 웹소설의 플롯에 대해 알아보자. 웹소설에도 여러 장르가 있다. 여기서는 웹소설 작가들이 가장 많이 도전하는 로맨스 장르와 현대 판타지 장르의 플롯에 대해 알아보겠다. 로맨스는 두 사람이 연인이 되는 과정을 그리는 이야기고, 현대 판타지는 주인공이 현대를 배경으로 한 판타지 공간에서 승승장구하는 이야기다.

로맨스 장르와 현대 판타지 장르 코드 파헤치기

주인공의 심리 변화를 그려 나가겠다면 로맨스 장르의 플롯으로, 주인공의 모험과 성취를 담은 이야기라면 현대 판타지 장르의 플롯으로 구성한다.

로맨스 장르에서 쓸 수 있는 이야기 코드는 크게 세 가지다.

첫째, 신분 상승물이다. 주로 남자 주인공보다 사회적 지위가 낮은 여자 주인공이 남자 주인공을 만나 사랑에 빠져 결혼하는 이야기다. 독자에게 큰 대리 만족을 안겨 준다.

둘째, 육아물이다. 우리의 내면 세계가 완성되는 곳은 가정이다. 그래서 가족물이나 육아물이 인기가 많다. 입양된 딸이 소심한 성격이었다가 딸 바보 아빠, 동생 바보 오빠의 사랑을 받으면서 성장해 나중에는 가문을 이끌고 보호하는 강한 여자가 된다는 이야기 역시 독자에게 대리 만족을 준다. 왜냐하면 육아물을 보면서 사람들은 무의식적 욕망을 충족하기 때문이다. 심리학에서는 사람에게 이성 부모로부터 사랑받으려는 오이디푸스 콤플렉스가 있다고 말한다. 육아물은 이런 오이디푸스 콤플렉스를 잘 승화시킨 이야기다.

셋째, 빙의물이다. 주인공이 다른 사람의 영혼에 빙의하거나 책 속 등장인물로 빙의하는 설정이 흔하다. 다른 사람의 영혼에 빙의할 때는 주인공이 대개 지금까지의 소심한 삶과는 다르게 살겠다는 각성을 한 상태다. 당당해진 여자 주인공에게서 남자 주인공은 예전에 느끼지 못했던 매력을 느끼는 경우가 많다. 주인공이 책 속 등장인물로 빙의할 때는 주인공보다는 주로 엑스트라나 악녀 같은 조연으로 빙의한다. 책 속에서 너무 일찍 죽는다거나 악녀라고 욕 먹는 인생을 살기 싫은 주인공이 자기 인생을 개척하는 설정이 많다.

현대 판타지 장르에서 쓸 수 있는 이야기 코드는 크게 두 가지다.

첫째, 회귀물이다. '회귀'란 과거로 돌아간다는 뜻이다. 주인공이 실패한 인생을 살다가 회귀하여 과거로 돌아가는 설정이 많다. 주인공은 과거의 기억을 뚜렷이 가지고 있기 때문에 다시 다른 인생을 사는 것 자체가 큰 능력으로 작용한다. 이 능력으로 눈앞의 문제를 해결하며 승승장구한다. 각성물도 이에 해당된다. 주인공이 어느 순간 각성하여 큰 능력을 얻게 된다. 〈닥터 최태수〉에서처럼 주인공이 세계적인 외과 의사에게 능력을 부여받기도 한다. 회귀물과 마찬가지로 주인공은 승승장구한다.

둘째, 헌터물이다. 〈나 혼자만 레벨업〉은 지금 시대에 나타난 몬스터들을 사냥하는 헌터 이야기다. 그저 그런 헌터가 우연히 능력을 얻어 던전에 들어가 사냥에 성공하여 최강자로 거듭난다.

로맨스 플롯

가슴 떨리는 달달한 사랑 이야기, 어떻게 써야 할까?

첫째, 사건이 일어났을 때 주인공들의 심리를 정확히 묘사해야 한다. 사건 자체보다도 등장인물의 관계에 중점을 둔다.

둘째, 독자가 당사자가 되어 연애하는 기분이 나게 써야 한다. 작가가 독자에게 주어야 하는 것은 설렘과 떨림이다. 또한 가족 이야기가 많이 나와야 한다. 주인공을 시기하고 질투하는 가족, 주인공을 학대하는 가족, 트라우마를 준 가족이 있다는 설정을 넣어 준다.

로맨스의 가장 보편적인 플롯은 다음과 같다.

1. 두 사람은 반드시 서로 엮일 수밖에 없다.
2. 남자 주인공은 여자 주인공에게 관심을 가진다.
3. 여자 주인공은 남자 주인공이 가진 약점, 결핍, 트라우마에 관심을 가진다.
4. 두 사람이 가까워지는 사건이 생긴다.
5. 둘 사이를 방해하는 요소가 등장한다.
6. 여자 주인공이 남자 주인공의 마음을 오해하기도 한다.
7. 둘은 서로의 마음을 확인한다.
8. 둘 사이를 강력하게 방해하는 요소가 등장한다.
9. 두 사람은 모든 역경을 딛고 진정한 연인이 된다.

주인공들은 반드시 서로 엮여야 한다. 〈전하와 나〉에서는 남자 주인공의 아들이 베이비시터를 다 쫓아내는데, 여자 주인공만이 그 아이를 잘 돌본다는 설정이다. 여자 주인공이 입주 베이비시터로 남자 주인공의 집에 들어가 살 수밖에 없는 설정이다. 〈그 남자의 정원〉도 여자 주인공이 남자 주인공과 전 남자 친구와 함께 드라마에 주연으로 출연하면서 엮일 수밖에 없는 상황이 펼쳐진다. 〈르네 마그리트의 '연인'〉의 남자 주인공은 스스로를 괴물

로맨스 플롯

FEAT. 미녀와 야수

이라고 믿는 킬러이고, 여자 주인공은 미술 치료사다. 여자 주인공이 남자 주인공을 치유해 주면서 극이 전개된다. 두 사람은 운명처럼 끌릴 수밖에 없다.

그다음에는 남자 주인공이 여자 주인공에게 관심을 가진다. 〈그녀가 공작저로 가야 했던 사정〉 같은 빙의물이라면, 여자 주인공이 소심한 성격에서 당당한 성격으로 바뀌는 경우가 많다. 이때 남자 주인공이 여자 주인공에게 새롭게 관심을 가지게 된다. 〈로맨스가 가능해?〉 같은 현대 로맨스물이라면, 여자 주인공의 행동이 남자 주인공의 연민을 자아내서 자꾸 관심이 가게 만드는 사건이 일어나기도 한다. 또한 남자 주인공에게는 약점이나 트라우마가 있는데, 이를 여자 주인공이 도와주며 가까워진다. 〈파혼은 어떻게 하나요?〉에 나오는 설정이다. 이게 바로 '미녀와 야수' 플롯이다. 여러 웹소설에서는 여자 주인공이 남자 주인공을 정신적 트라우마에서 벗어나게 해 준다.

이후 둘 사이가 서서히 가까워지는 사건들이 일어난다. 하지만 둘의 사랑이 쉽지만은 않다. 집안의 반대나 둘의 사랑을 방해하는 세력이 있어 훼방을 놓는다. 여자 주인공은 남자 주인공이 자기 주변의 다른 인물을 좋아한다고 오해하기도 한다. 결국 두 사람은 서로의 마음을 확인하지만 정치적 세력이나 연적 등 사랑을 방해하는 요소가 계속 나온다. 두 사람은 끝내 모든 어려움을 견뎌 내고 진정한 연인이 된다.

현대 판타지 플롯

성공하는 주인공들이 거침없이 질주하는 이야기, 어떻게 써야 할까?

첫째, 가장 중요한 건 독자가 승승장구하는 기분이 들어야 한다는 점이다. 세세한 심리 묘사보다는 과감한 서사 위주의 전개가 필요하다. 심리 묘사는 독자가 주인공과 함께 성취감과 뿌듯함을 느낄 수 있는 정도면 된다. 주인공에게만 레벨업되는 목소리가 들리거나 레벨업 상황이 홀로그램처럼 눈앞에 나타나기도 한다. 이를 통해 주인공은 즉각적인 동기 부여를 받고, 독자 역시 만족감을 얻는다. 주인공은 이야기가 진행될수록 자신에게 별 관심을 두지 않았던 여성에게 사랑을 받기도 하고, 가족에게도 인정받게 된다.

둘째, 주인공의 능력은 점차 상승해야 한다. 처음에는 약하거나 실패한 인생을 살았던 주인공이라도 회귀, 각성 등을 통해 강한 능력을 가져야 한다. 한번 강해졌던 힘이 어떤 계기로 다시 원점으로 돌아가거나 떨어지면 안 된다. 매력을 끝까지 유지하되 점점 강해져야 한다. 주인공이 역경을 맞더라도 빨리 딛고 일어서야 한다.

주인공에게 고난이 닥치는 구간은 요약해서 짧게 서술하고, 그 역경으로 인한 손해가 치명적이지 않게 써야 한다. 만약 사건으로 보상을 얻었다면, 순문학의 복선처럼 나중에 그 보상을 쓰는 것이 아니라 바로 다음 화에 보상에 대해 쓰는 즉각성을 보여야 한다.

셋째, 회귀나 각성을 할 때 이전 삶의 기억을 가지고 있어야 한다. 과거 삶의 기억이 없다면 새로운 삶을 사는 의미가 없기 때문이다. 주인공은 더 이성적이고 차분해지며, 합리적이고 주도적으로 문제를 해결해야 한다.

현대 판타지의 가장 보편적인 플롯은 다음과 같다.

1. 실패한 인생을 살거나 평범한 삶을 산 인물이 회귀, 각성 등을 통해 새 삶을 살 기회를 얻는다. 눈앞에 갑자기 레벨업을 하는 홀로그램이 나타나기도 한다. 자기가 클리어한 게임이나 다 읽은 책 속의 상황이 현실에 펼쳐지기도 한다.
2. 새 삶을 살기 시작할 때 소소한 사건이 생긴다. 그 사건을 해결할 수 있는 능력이 자신에게 있다는 걸 확인한다.
3. 실제로 계속 레벨업을 하거나 실력이 쌓이면서 크고 작은 갈등과 어려움을 쉽게 해결해 나간다.
4. 주인공이 최종 목적(복수, 정의 실현, 각 분야 전문가, 대왕 몬스터, 마왕 사냥 등)을 이루며 최강자로 등극한다.

판타지 플롯

검을 뽑는 자, 용사가 될지어다

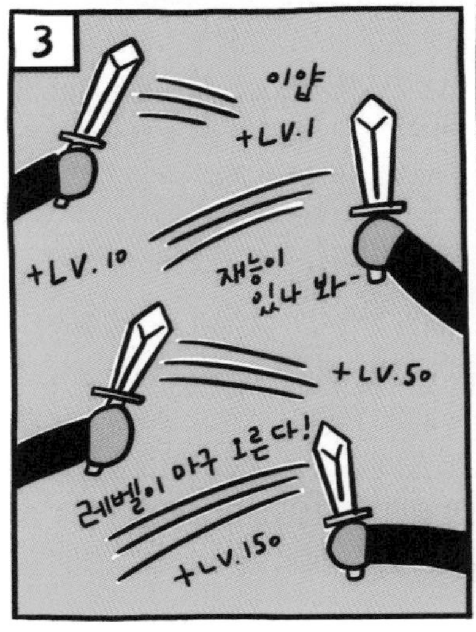

Tip

웹소설 쓰는 법 10가지

웹소설의 인기가 날로 높아지고 있다. 그에 따라 웹소설에 도전장을 내미는 사람들도 많아질 수밖에 없다. 그런데 웹소설은 기존 순문학과 작법 방향에서 큰 차이가 있다. 순문학과 비교해 웹소설을 어떻게 쓰는 게 좋은지 살펴보겠다.

1. 독자들이 대리 만족을 할 수 있게 써야 한다

웹소설은 대리 만족으로 시작해서 대리 만족으로 끝난다고 해도 과언이 아니다. 흔히 웹소설을 '스낵 컬처'라고 한다. 스낵 먹듯이 부담 없이 즐기는 콘텐츠라는 뜻이다. 독자들이 순문학과 웹소설을 읽는 목적에는 분명한 차이가 있다. 순문학은 독자로 하여금 자신을 돌아보고 자신의 삶을 곱씹게 한다. 고통스럽지만 현실을 직면하라고 말이다. 반면 웹소설 독자들은 그런 감정을 거부한다. 그냥 재미를 추구한다. 웹소설로 로맨스를 읽는 독자라면 연애 감정을 느끼려고 읽을 뿐이다. 현대 판타지는 평범했던 주인공에게 갑자기 특별한 능력이 생겨 승승장구하는 설정으로 독자들이 대리 만족을 느끼게 해 준다. 웹소설을 쓸 때는 독자들을 어떻게 대리 만족시켜 줄 것인가 생각하며 써야 한다.

2. 1화에 온 힘을 기울인다

웹소설은 1화가 무척 중요하다. 연재를 하는 장르이기 때문이다. 모든 필력을 쏟아부어 1화를 재미있게 써야 독자들이 2화를 찾는다. 요즘은 가장 중요한 반전이나 결정적 장면을 맨 앞에 넣기도 한다. 1화에서 시선을 끌어야 하니까 말이다. 〈재혼황후〉는 1화에서 여자 주인공이 이혼을 승낙하고 재혼 승인을 요청하는 것으로 시작된다. 예전 같으면 중반부에 해당하는 장면을 1화에 넣어 임팩트를 주었다. 로맨스라면 남녀 주인공이 1화에서 만나야 하고, 주인공들 외모 묘사에 힘을 써야 한다.

3. 주인공의 결핍과 성장보다 해피엔딩이 중요하다

순문학은 주인공의 결핍과 성장이 중요하다. 순문학을 쓰듯이 강박적으로 주인공의 결핍을 길게 집어넣으면 '지루하다'는 평을 받는다. 주인공이 절망의 나락으로 떨어진 걸 순문학에서는 원고지 200매에 걸쳐 묘사할 수 있지만 웹소설에서는 단 몇 줄로 끝내야 한다. 순문학에서는 사랑하는 남녀 주인공의 성장을 위해서라면 서로 헤어지게 만들어 짙은 여운을 남긴다. 이런 새드엔딩은 순문학에서 흔히 볼 수 있지만, 웹소설에서 독자들이 바라는 것은 해피엔딩이다. 물론 앞으로 웹소설이 좀 더 확대되면 좋은 비극이 나올 수도 있을 것이다.

4. 빠른 기승전결과 절단 신공을 발휘한다

웹소설은 사건 전개가 빨라야 한다. 회마다 기승전결을 쓸 필요는 없지만, 묘사보다는 서사가 있어야 한다. 매 화 마지막은 독자의 궁금증이 최고조에 이르는 부분에서 이야기를 끝내는 '절단 신공'을 발휘한다. "당신이 모르는 비밀이 하나 있어요. 그건 바로…….", "그는 검을 꺼내 힘껏 내리쳤다. 그 순간 놀라운 일이 벌어졌다."처럼 다음 화에 대한 호기심을 자극하는 장면으로 끝맺는다. 보통 1화 분량은 빈칸 포함 5000~5500자 정도다. 이 안에서 사건과 절단 신공을 보여 주는 훈련을 해야 한다.

5. 문장은 짧게 쓴다

독자들은 흔히 스마트폰으로 웹소설을 본다. 이걸 '모바일 친화성'이라고 한다. 그러므로 문장과 대사를 최대한 짧게 써야 읽기에 편하다. 물론 몇 자 쓰지 않더라도 뜻이 잘 전달되고 감동이 있게 써야 한다.

6. 시놉시스와 트리트먼트를 반드시 쓴다

웹소설은 원고 분량이 엄청나다. 따라서 시놉시스와 각 화의 트리트먼트를 어느 정도 써 놓고 시작해야 연재가 가능하다. 전업 작가가 되려면 하루에 적어도 5000~5500자 분량으로 2화분을 쓸 수 있어야 한다. 연재하기 전에 5화분 이상의 원고를 써 놓고 시작하는 게 좋다.

7. 연재 사이트를 잘 고른다

공모전에 도전하는 게 내 글을 알리는 가장 좋은 방법이지만, 공모전은 늘 있는 게 아니니다. 먼저 내가 쓰고 있는 장르가 강세인 사이트에 무료 연재를 시작하면 좋다. 여러 웹소설 플랫폼의 베스트 작품을 살펴보고 내 작품과 비슷한 성향의 작품이 베스트인 곳에 작품을 연재한다. 연재 사이트에서 베스트 작품으로 선정되면 출판사로부터 출간 제의을 받을 수도 있다.

8. 인기작의 플롯을 분석한다

웹소설을 처음 쓸 때는 인기 있는 작품을 읽고 분석해 보는 것이 좋다. 내가 쓰고 싶어 하는 방향과 비슷한 작품을 골라서 매 화를 4~5줄로 요약해 본다. 내용을 베끼면 표절이지만 사건의 흐름과 플롯을 가져오는 것은 표절이 아니다. 전혀 다른 캐릭터와 전혀 다른 사건으로 플롯만 참고해서 습작을 해 보자. 완결작의 구조를 분석해 보는 습관은 작품을 처음 쓸 때 도움이 된다.

9. 센 캐릭터의 남녀 주인공이 인기다

예전에는 로맨스에서 여성이 남성의 보호를 받는 설정이 많았다. 하지만 요즘은 걸크러시(여성이 여성에게 강한 호감을 가지고 환호하는 마음) 코드가 인기여서 당당하고 멋진 여성을 주인공으로 내세운다. 남자 주인공에게 민폐를 끼치는 여자 주인공은 더 이상 환영받지 못한다. 로맨스에서도 여자 주인공의 직업이 전문직으로 많이 바뀌었다. 현대 판타지에서도 남자 주인공이 계속 승승장구하거나, 처음부터 강한 능력을 가진 사람으로 설정되는 경우도 있다.

10. 제목과 표지 일러스트가 중요하다

순문학이든 웹소설이든 독자들의 눈에 띄어야 하므로 제목과 표지는 매우 중요하다. 특히 웹소설 제목은 〈나 혼자만 레벨업〉, 〈이번 생은 우주 대스타〉, 〈밥만 먹고 레벨업〉, 〈구남친이 내게 반했다〉, 〈원수가 나를 유혹할 때〉처럼 직관적이어야 한다. 제목만 보고도 어떤 내용인지 알 수 있게 말이다. 또 독자들은 각 플랫폼에서 표지 그림을 보고 선택하므로 자신의 작품이 어떤 그림 작가나 그림체와 맞는지 잘 생각해 두어야 한다.

6장

매력적인 캐릭터 만들기

STEP BY STEP

캐릭터는 힘이 세다. 실제적으로 캐릭터가 작품을 끌고 나간다고 해도 과언이 아닐 정도다. 따라서 작가는 평소에 다양한 유형의 사람을 면밀히 관찰하고 이해하려고 노력해야 한다. 그렇게 함으로써 세상에는 여러 종류의 사람이 존재한다는 것과 그들의 특성에 대해 풍부하게 알게 된다.

이 장에서는 먼저, 기본적으로 캐릭터를 설정하는 방법에 대해서 살펴보겠다. 그다음에 에니어그램을 활용하여 인간을 유형별로 분류해서 알아보려고 한다. 또 심리학을 활용해 캐릭터를 설정하는 방법도 있다. 어떤 캐릭터를 만들까 연구하다 보면 자연스럽게 심리학과 연결된다. 심리학의 범위는 방대하지만, 여기서는 프로이트 심리학, 융 심리학, 이상 심리학을 간단하게 살펴보면서 이를 어떻게 캐릭터 만들기에 적용할지 알아보자.

기본적인 캐릭터 설정법 5가지

캐릭터를 설정할 때 꼭 알아 두어야 할 기본적인 사항 5가지는 다음과 같다. 이 기본 설정법에 따른다면, 효율적으로 캐릭터를 창조할 수 있다.

꼭 필요한 인물만 만든다

작품에 등장하는 인물은 한 가지라도 역할이나 기능이 있어야 한다. 심지어 어떤 영화를 보면 쥐나 개, 고양이도 다 자기 역할이 있다.

영화 〈해리 포터〉에서는 론의 애완용 쥐 스캐버스가 엄청난 반전을 가져오는 동물로 그려진다. 영화 〈코코〉에 나오는 개 단테, 〈마스크〉에 나오는 개 마일로는 주인이 어려움에 빠졌을 때 도움을 주는 역할을 부여받았다. 영화 〈캡틴 마블〉에 나오는 고양이 구스는 사실 외계 종족으로 작품 중간에 적을 물리치는 중요한 역할을 한다.

주인공과 조력자, 적대자와 조력자를 설정한다

〈해리 포터〉 시리즈의 주인공은 해리 포터 한 사람이다. 그리고 주인공의 조력자들이 나온다. 론, 헤르미온느가 해리 포터의 주요 조력자다. 기타 조력자로 호그와트 마법 학교의 교장 덤블도어와 네빌, 지니가 있다. 적대자는 볼드모트로, 해리 포터보다 압도적인 힘을 가진 존재다. 볼드모트를 돕는 세력은 말포이 가문과 악녀 벨라트릭스, 웜테일 등이다. 영화 〈헝거 게임 : 캣칭 파이어〉에서는 혁명을 하려는 세력이 주인공 캣니스를 중심으로 모이고, 그와 반대되는 독재 세력이 스노우 대통령을 중심으로 모여 팽팽한 긴장감을 준다.

등장인물이 실존 인물로 생각될 만큼 입체적으로 설정한다

주인공의 나이나 취미, 버릇, 좋아하는 것과 싫어하는 것, 스트레스받을 때 하는 행동, 옷 입는 스타일, 잘 먹는 음식, 표정과 말투, 신념 등을 미리 정해 놓자. 이 모든 게 작품 표면에 드러나지 않더라도 작가가 각 인물의 특징을 미리 잡아 놓고 작품을 쓰면 훨씬 구체적으로 등장인물을 그려 낼 수 있다.

등장인물들의 이름이나 성격이 비슷하면 안 된다

초보 작가들이 무심코 하는 실수 중 하나가 등장인물들의 이름을 비슷하게 짓는 것이다. 청소년 소설 〈유진과 유진〉처럼 특별히 의도된 것이 아니라면 같은 자음이나 모음이 들어간 비슷한 이름은 피한다. 예컨대 예슬, 예지, 예민 식으로 짓는 것 말이다. 인물들의 성격과 말투, 외모도 다 달라야 한다. 소설 〈선암여고 탐정단〉에는 여학생 다섯 명이 주인공으로 나온다. 이름이 미도, 성윤, 하재, 예희, 채율로 자음과 모음이 겹치지 않아 이름만으로도 인물 구분이 수월하다. 성격도 완전히 다르다. 미도는 4차원에 호기심 많고 욕심 많은 탐정단 리더다. 성윤은 외모가 남자 같고 힘이 세다. 하재는 소심하고 아웃사이더 기질을 지녔다. 예희는 성숙한 미모를 자랑하는 연예인 지망생이다. 채율은 똑똑하지만 천재인 오빠 때문에 열등감을 가진 인물이다.

주인공의 유형을 먼저 정한다

다음은 영화 〈업타운 걸스〉의 앞부분 설정이다. 이때 내 작품의 주인공이라면 어떤 선택을 할 것인가? 공격형인지, 순응형인지, 아니면 회피형인지 먼저 정하고 이야기를 시작해 보자.

> 주인공에게는 부모님이 물려준 유산이 있다. 상당히 많은 액수의 유산이어서 주인공은 평생 먹고살 수 있다. 그런데 어느 날, 이 유산을 관리하던 회계사가 돈을 몽땅 가지고 튀어 버렸다. 하루아침에 빈털터리가 된 주인공, 어떤 선택을 할 것인가?

공격형

자신이 원하는 것은 반드시 손에 넣으려고 하는 유형이다. 공격형 주인공은 위 상황에서 무슨 일이 있어도 그 돈을 되찾기 위해 노력한다. 영화 〈엑시트〉의 주인공 용남이 공격형이다. 그는 도시에 독가스가 살포되고 가족이 있는 건물로 독가스가 스며들려고 하자 대학교 때 산악 동아리 경험을 살려 가족을 구하려 한다. 〈코코〉의 주인공 미구엘도 공격형이다. 가수가 되고 싶은데 집안에서 반대가 심하다. 그 꿈을 저승에 가서도 버리지 않는 인물이다. 공격형 인물은 목표를 위해서라면 물불을 가리지 않는다.

순응형

주변 상황에 순응하고 현실을 받아들이는 유형이다. 순응형 주인공은 위 상황에서 돈을 찾기보다는 빨리 현실에 적응해 버린다. 〈업타운 걸스〉의 주인공 몰리가 바로 이런 인물이다. 몰리는 도망친 회계사가 곧 돌아올 거라며 현실을 받아들인다. 그러고서 취직을 하고 생계를 꾸려 나간다. 부모에게는 착한 자식으로 사는 것, 주변 사람들에게는 착한 사람으로 보이는 것이 중요한 유형이다. 순응형 주인공은 나중에 자기 주도적으로 성장하는 모습을 보여 주기도 한다.

회피형

문제를 문제로 인식하지 못하고 현실에서 도피해 살아가는 유형이다. 회피형 주인공은 위 상황에 놓이면 아무것도 하지 않고 회피해 버린다. 영화 〈어벤져스 : 엔드게임〉에서 토르가 회피형 인물의 전형적인 모습을 보여 준다. 어벤져스가 타노스에게 지고 나서 세계 인구의 절반이 사라지고, 토르는 사랑하는 사람들을 잃고 만다. 그 뒤로 현실에서 도피한 채 술에 의지해 하루하루를 보낸다.

영화, 드라마, 소설, 동화 속 주인공은 공격형이 많다. 왜냐하면 작품에는 분명한 목표가 있고, 주인공은 그 목표를 위해 나아가야 하기 때문이다. 주인공이 순응형이나 회피형이라면 공격형 인물과 함께 나올 가능성이 크다.

나는 〈누가 뭐래도 내 길을 갈래〉에서 통과 방정이를 공격형으로 그렸다. 전궁이는 순응형, 옥토끼는 회피형으로 설정했다.

이 소설은 네 명의 고등학생이 우발적으로 함께 가출하면서 이야기가 시작된다. 이때 순응형이나 회피형 주인공만 있다면, 학교를 박차고 나가기 어렵다. 순응형은 현실을 괴로워하지만 학교 제도와 부모에게 순응하고, 회피형은 자퇴할 궁리만 하기 때문이다. 공격형 인물인 통과 방정이가 순응형이나 회피형 인물을 끌고 자신들이 원하는 방향으로 나아가야 이야기가 전개된다.

주인공을 순응형이나 회피형으로 설정할 때는 세심한 심리 묘사로 주인공의 성장을 그려 내거나, 주인공에게 섬세한 관찰자의 역할을 부여해 작품을 끌고 나가게 하면 된다.

에니어그램으로 캐릭터 만들기

왜 에니어그램인가?

작가가 '모든 사람이 나와 똑같겠지.'라고 생각하면 재미있는 이야기를 쓸 수 없다. 실제로 세상 사람들은 생김새가 서로 다른 만큼 성격도 다 다르다. 그렇다고 모든 사람들의 개별적 성격을 일일이 조사하기는 어려운 일이다.

사람의 성격을 몇 가지로 유형화하여 설명한다면, 이 세상의 다양한 사람을 훨씬 잘 이해할 수 있을 것이다. 그래서 '에니어그램Enneagram'이라는 도구를 소개하고자 한다. 외국에서는 작가들이 MBTI, 성격의 5요인(Big-5), 에니어그램 등을 공부하고 나서 작품을 쓴다고 한다. 이 중에서 에니어그램을 소개하는 이유는 MBTI나 Big-5보다 인간의 근본적인 욕구를 좀 더 잘 파악할 수 있고, 성격의 역동성도 설명할 수 있기 때문이다.

에니어그램은 그리스어로 9를 뜻하는 '에니어ennea'와 그림을 뜻하는 '그라모스grammos'를 합친 말로, 9개의 점이 있는 도형이다. 에니어그램은 인간의 성격을 9가지로 분류한 성격 유형 이론으로, 번호는 편의로 붙였으며 우월성과는 상관이 없다.

가슴형, 머리형, 장형 중 어느 유형일까?

에니어그램에서는 사람이 태어날 때 에너지를 받은 부위에 따라 힘의 근원이 다르다고 한다. 어떤 사람은 머리에, 어떤 사람은 가슴에, 어떤 사람은 장에 에너지를 받고 태어난다. 그래서 머리형, 가슴형, 장형으로 크게 나뉜다. 자신이 만든 캐릭터가 이 가운데 어느 유형에 들어가는지 먼저 설정하고 작품을 쓰면 개성 있는 캐릭터를 창조할 수 있다.

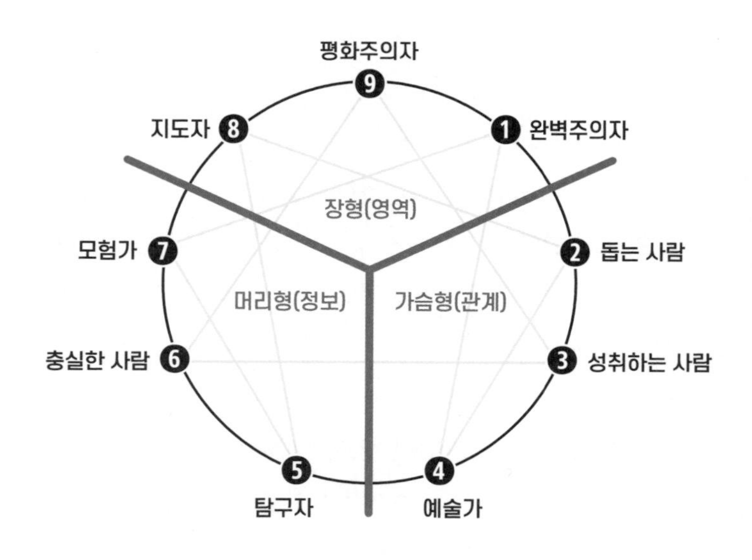

가슴형

② 돕는 사람, ③ 성취하는 사람, ④ 예술가
관계/ 자아 이미지/ 수치심/ 관심 추구/ 과거

가슴형은 자기 존재 자체에 근원적인 수치심을 가지고 있다. 자신의 모습 그대로는 사랑받을 수 없다고 생각하면서 타인과의 관계에 중점을 둔다. 그러니까 타인의 사랑과 인정을 필요로 한다. 가슴형이 가장 중요하게 생각하는 것은 자아 이미지다. 남들이 나를 어떻게 볼까에 신경을 쓰다 보니 수치심을 잘 느낀다. 가장 싫어하는 말은 "넌 왜 존재감이 없니?"다. 또 과거를 중요하게 여긴다. 7살짜리 어린아이조차 "내가 어렸을 때 엄마가 나한테 이런 말을 했잖아."라고 한다. 표정은 부드러운 편이다. 상대에게 비치는 내 모습에 관심이 많기 때문이다.

머리형

⑤ 탐구자, ⑥ 충실한 사람, ⑦ 모험가
정보/ 불안감/ 두려움/ 안전 추구/ 미래

머리형이 가장 중요하게 생각하는 것은 안전이다. 그래서 두려움을 잘 느낀다. 의심이 많고, 불안감도 높다. SF 작품을 보면, "미래 인류는 이상 기온으로 거의 멸종되었다.", "AI가 인류를 지배하게 되었다."와 같은 문장으로 시작되는 경우가 많다. 이런 이야기에는 종종 머리형의 불안이 반영되어 있다. 이들은 불안을 제거하는 방법에 관심이 많아 책을 읽고 해결책을 찾는다. 가장 싫어하는 말은 "넌 왜 그렇게 무식하니?"다. 머리형은 미래를 중요하게 여긴다. 그래서 끝없이 정보를 수집하고 관찰, 분석, 대조한다. 잠으로 스트레스를 풀며 몸 쓰는 일을 싫어한다. 말투는 건조하고 논리적이다. 의문이 풀리고 납득이 되어야 움직인다. 일처리는 느리지만 꼼꼼한 편인데, 선불리 일을 시작했다가 실수할까 봐 여러 차례 점검하기 때문이다.

장형

① 완벽주의자, ⑧ 지도자, ⑨ 평화주의자
영역/ 생존/ 분노/ 독립성 추구/ 현재

장형이 가장 중요하게 생각하는 것은 영역이다. 남들이 자신의 영역을 침입하지 않을까 늘 경계한다. 누가 자기 영역을 침범해 들어오면 불쾌해한다. 그래서 쉽게 분노한다. 눈이 의지로 불타고 다부진 몸매를 가졌다. 또 직감이 발달하고 배짱이 있다. 자신이 원하는 바를 이루는 것에 관심이 많고, 독립적이다. 가장 싫어하는 말은 "넌 왜 힘이 없니?"다. 현재를 중요시하는 만큼 과거 사건을 기억 못 하는 경우가 많다. 잘 웃지 않고, 표정이 곧잘 경직된다. 머리 쓰는 일을 싫어하고 몸 쓰는 일을 좋아한다. 욕망이 크고, 현실적이다. 자기가 하는 일이 자신에게 이득이 되는지가 중요하다.

9가지 유형을 어떻게 쓸까?

에니어그램 9가지 유형 캐릭터의 주요 특징, 말투, 불안할 때 쓰는 방어 기제, 현실 인물, 작품 속 캐릭터를 살펴보고, 각각의 캐릭터를 작품에 쓸 때 참고할 사항을 제시해 보았다.

① 완벽주의자 - "나는 올바르다"

주요 특징	-항상 올바르고 싶어 하는 이상주의자다. -부조리한 사회를 바꾸려는 사회 개혁가가 많다. -도덕, 원칙, 윤리를 중시하고, 정직하며 정의롭다. -자제력이 있고, 공정하려고 애쓰며 분노를 억제한다. -일을 완벽하게 해내려 노력하고, 자기가 맡은 일에 책임감이 강하다. -어릴 때 별명이 애어른인 경우가 많다. -돈, 시간, 청결 등 어느 하나에 집착한다. -자기만의 원칙을 밀어붙여서 독선적이라거나 꼰대라는 말을 듣기도 한다. -작은 규칙에 얽매여 융통성 없다는 평도 듣는다. -지적하는 것을 애정 표현이라고 생각하고, 칭찬에는 인색하다.
말투	지적, 설교
방어 기제	반동 형성 - 받아들일 수 없는 충동이나 욕구로부터 벗어나기 위해 그와는 정반대로 행동하는 것을 말한다. 완벽주의자이기 때문에 무의식에서 올라오는 부정적 욕구와는 정반대되는 행동을 한다. 드라마 〈동백꽃 필 무렵〉의 홍자영은 시어머니가 미워도 화를 내지 않고 오히려 더 잘해 준다.
현실 인물	허균, 헨리 데이비드 소로, 플라톤, 버트런드 러셀, 조지 버나드 쇼
작품 속 캐릭터	동화 〈미카엘라〉 미카엘라, 〈소리 질러, 운동장〉 동해, 영화 〈다크 나이트〉 하비 덴트, 〈캡틴 아메리카 : 시빌 워〉 캡틴 아메리카, 드라마 〈명탐정 몽크〉 몽크, 웹소설 〈재혼황후〉 나비에
이렇게 써 보자	외모가 단정하고 깔끔하다. 힘든 일이 닥쳐도 자기 감정에 휘둘리지 않는다. 스트레스 상황에서는 감정을 끊고 차분하게 일을 처리한다. 외곬 인생이라는 평을 들으며 외롭게 지내기도 한다. 강박적 성향으로 힘들어하기도 한다. 탁한 물에 사는 깨끗한 물고기 같은 느낌을 준다.

② 돕는 사람 - “나는 남에게 도움이 되는 사람이다”

주요 특징	-사람들에게 먼저 다가가서 돕는다. -관계에 직진한다. -사람들의 정서를 잘 이해하기 때문에 다른 사람들과 감정적인 교류를 잘 한다. -낭만적인 사랑을 추구한다. -사교적이고 친절하며 세심해서 적응을 잘하고 소외된 사람도 잘 챙긴다. -칭찬과 아부로 사람을 조종하기도 한다. -거절을 잘 못 한다. -자기 일도 다 처리 못 하면서 남을 도우려 하고, 가족까지 힘들게 한다. -순교자처럼 행동한다. -소유욕이 강해 상대가 자신의 사랑을 받아 주지 않으면 분노를 터뜨린다. -감정적으로 행동해 논리적이지 못한 모습을 보일 때가 있다. -스스로를 타인에게 얽어매면서 무의식적으로 의존적인 경향이 있다.
말투	충고, 아부
방어 기제	억압 - 부정적인 감정이 올라올 때 자신의 욕구를 억누르는 것을 말한다. 소설 〈바람과 함께 사라지다〉의 멜라니는 스칼렛이 자기 남편과 포옹하고 있는 모습을 보고도 화를 내지 않고 웃으며 넘어간다.
현실 인물	마더 테레사, 알베르트 슈바이처, 이태석, 플로렌스 나이팅게일
작품 속 캐릭터	소설 〈빨간 머리 앤〉 린드 부인, 〈상록수〉 채영신, 영화 〈나의 소녀시대〉 린전신, 〈업타운 걸스〉 몰리, 드라마 〈동백꽃 필 무렵〉 황용식, 〈어글리 베티〉 베티, 희곡 〈햄릿〉 폴로니우스
이렇게 써 보자	미소를 띤 따뜻한 표정을 잘 짓는다. 머리보다는 마음으로 일을 한다. 여러 사람 일에 오지랖을 부린다. 온갖 소문의 근원지가 되기도 한다. 행동이 주도면밀하거나 치밀하지 못해 자꾸 어디에 걸리거나 부딪힌다. 꼼꼼하게 일 처리를 하지 못하고 덜렁거린다.

③ 성취하는 사람 - "나는 성공한다"

주요 특징	-항상 성공적인 모습을 보이고 싶어 한다. -자신에게 근원적 수치심을 갖고, 재능이 없을까 봐 걱정한다. -일을 할 때 효율적인 방법을 생각해 낸다. -목표가 생기면 이루는 방법을 안다. -활력이 넘치고 인간관계가 넓다. -남들에게 롤 모델이 되고, 동기 부여를 잘한다. -일중독에 빠질 수 있다. -곤란한 일을 만났을 때 감정을 끊고 과제에 더욱 몰입한다. -자신이 이룬 것을 자랑한다. -학벌, 돈, 집, 외모와 같은 외적인 것으로 사람을 판단해 남에게 상처를 입힌다.
말투	과시, 자랑
방어 기제	동일시 - 스스로가 원하는 모습이 아닐 때 자신이 동경하는 사람과 자신을 같다고 생각하는 것이다. 소설 〈위대한 개츠비〉의 개츠비는 데이지의 본 모습 때문이 아니라 그녀의 집안과 신분에 강한 호감을 가진다. 개츠비는 그녀와 자신을 동일시한다. 사랑이 이루어지면 자신의 신분이 그녀와 같아진다고 여긴다.
현실 인물	아널드 슈워제네거, 오프라 윈프리, 토머스 에디슨, 파블로 피카소
작품 속 캐릭터	동화 〈마당을 나온 암탉〉 잎싹, 소설 〈벼랑〉 난주·헬렌, 영화 〈기생충〉 기우, 〈암살〉 강인국, 드라마 〈미스 리플리〉 장미리, 〈스카이캐슬〉 곽미향·차민혁·차세리
이렇게 써 보자	겉모습에 신경을 많이 써서 세련된 이미지를 주려 한다. 강인한 의지를 가지고 목표를 향해 돌진한다. 자신의 욕망을 이루기 위해 수단과 방법을 가리지 않으며, 지나칠 정도로 경쟁한다. 자신이 초라하다고 생각하면, 자신을 포장하여 남을 속이기도 한다.

④ 예술가 - "나는 특별하다"

주요 특징	-항상 남들과 다른 '특별한 나'가 되고 싶어 한다. -남과 다른 나만이 진짜 나라고 생각한다. -창의적이고 표현력이 뛰어나며 감수성이 풍부하다. -진실성이 있고, 자아 성찰을 잘한다. -마음이 따뜻하고 연민이 넘쳐 따스하게 타인을 격려한다. -예민하고 상처받기 쉬워 남에게 자신을 드러내려 하지 않는다. -힘든 일이 생기면 수치심이나 슬픔 같은 감정을 드러낸다. -상대와 비교하여 쉽사리 열등감을 느끼고, 남을 질투하거나 선망하기도 한다. -감정에 휩쓸려 행동하기도 하고 곧잘 우울해하며, 감정의 기복이 크다. -자신을 가치 없다 여겨 자기 비하를 할 때가 있다. -주변 사람이나 세상으로부터 이해받지 못한다고 느낀다. -어린 시절 좋은 기억만 떠올리는 게 힘들다.
말투	탄식
방어 기제	인위적 승화 - 남들과 항상 다른 모습으로 살아야 한다는 생각 때문에 자기만의 방식으로 특이한 세계를 꾸며 놓고 그 안에서 편안함을 느끼는 것을 말한다. 영화 〈가위손〉의 에드워드가 대표적인 예다.
현실 인물	윤동주, 한스 안데르센, 엘튼 존, 빈센트 반 고흐
작품 속 캐릭터	동화 〈강아지똥〉 강아지똥, 〈미운 오리 새끼〉 미운 오리 새끼, 〈인어공주〉 인어 공주, 소설 〈빨간 머리 앤〉 앤, 영화 〈라라랜드〉 미아 · 세바스찬, 〈미녀와 야수〉 벨
이렇게 써 보자	남들과 다른 독특한 개성이 있다. 표현력이 뛰어나고, 창의적이다. 풀이나 나무 같은 자연물과 대화한다. 자의식이 강하다. 현실에 만족하지 않고, 더 나은 삶이 있을 거라 믿으며 이상향을 꿈꾼다.

⑤ 탐구자 - “나는 알고 있다”

주요 특징	-지적이고, 호기심이 강해 항상 모든 것을 알고 싶어 한다. -일을 시작하기 전에 정보 수집을 열심히 하여 사태를 정확하게 파악한다. -아이디어가 뛰어나고, 기술 개발에 탁월하다. -내향적이며 말수가 적고, 태도도 조심스럽다. -자신만의 시간과 공간을 중시한다. -자기가 가진 자원을 남과 나누기 싫어하며, 구두쇠가 되기도 한다. -독립성이 강하고, 남들과 떨어져 지내고 싶어 한다. -힘든 일이 생기면 감정을 끊고, 문제를 논리적으로 해결하려고 한다. -몸 쓰는 것을 싫어해서 행동력이 떨어지기도 한다. -남과 감정적 논쟁을 벌이는 것도, 감정적으로 얽매이는 것도 싫어한다. -정보 자체에 집착해서 정보에 매몰되거나 허무주의에 빠지기도 한다.
말투	매뉴얼 읽는 것처럼 말하기
방어 기제	후퇴 - 다른 사람과 감정적으로 얽히지 않으려고 물러나 버리는 것을 말한다. 영화 〈스파이더맨〉(2002)의 피터 파커는 마지막에 MJ가 사귀자고 하는데도 거절한다. 연애를 하면 감정에 얽매이게 되므로 부담스럽기 때문이다.
현실 인물	알베르트 아인슈타인, 빌 게이츠, 찰스 다윈, 제인 구달, 제롬 데이비드 샐린저
작품 속 캐릭터	동화 〈크리스마스 캐럴〉 스크루지, 소설 〈셜록 홈스〉 셜록 홈스, 〈프랑켄슈타인〉 프랑켄슈타인, 영화 〈뷰티풀 마인드〉 존 내시, 〈올 더 머니〉 폴 게티, 드라마 〈별에서 온 그대〉 도민준, 〈빅뱅 이론〉 셸든 쿠퍼
이렇게 써 보자	호기심이 강하고 아는 게 많다. 관찰을 통해 논리적인 추론을 한다. 한번 탐구에 빠지면 시간 가는 줄 모른다. 외로움을 덜 느끼기 때문에 은둔형 인물이 되기도 한다. 남의 시선을 신경 쓰지 않고 괴팍한 성격을 보인다. 자기가 좋아하는 아이템을 모으는 수집가가 되기도 한다.

⑥ 충실한 사람 - “나는 충실하다”

주요 특징	-성실하고 책임감이 강해 믿고 일을 맡길 수 있다. -국가, 군대, 경찰, 종교 단체, 운동 팀 등 믿을 수 있는 공동체에서 헌신한다. -남을 따뜻하게 돌보고, 상대에게 가장 필요하고 실질적인 것을 해 준다. -어려운 일이 닥치면 의연하게 대처한다. -공포와 불안 때문에 자신을 방어하고, 때로는 지나친 조심성을 보인다. -자신의 안전을 바라기 때문에 확실히 검증되고 안전한 것을 추구한다. -의심이 많고, 자기 확신이 부족해 쉽게 결정을 내리지 못한다. -어떤 일을 할 때 최악의 시나리오를 생각한다. -관습적인 일을 좋아한다. 예상 밖의 일을 만나면 공포를 느낀다. -사람들이 자기에게 다가올 때는 다른 의도가 있다고 생각한다. -정확한 안내를 받지 못할까 봐 두려워한다.
말투	선긋기
방어 기제	투사 - 자신의 감정을 상대방의 탓으로 돌리는 것을 말한다. 영화 〈킬러의 보디가드〉의 마이클은 자신의 몰락을 전 여자 친구 탓이라고 생각한다.
현실 인물	신사임당, 안중근, 이순신
작품 속 캐릭터	영화 〈미스 페레그린과 이상한 아이들의 집〉 제이크, 〈엣지 오브 투모로우〉 빌, 드라마 〈동백꽃 필 무렵〉 동백, 〈킬미, 힐미〉 차도현·신세기, 〈안투라지〉 에릭, 웹소설 〈소공녀 민트〉 민트, 웹툰 〈치즈인더트랩〉 홍설, 희곡 〈햄릿〉 햄릿
이렇게 써 보자	공포에 순응하기도 하고, 공포에 대항하기도 한다. 그래서 때로는 순응적인 모습을 보이고, 때로는 저돌적인 모습을 보인다. 순종적이고 소심하면서도 당돌함을 함께 가지고 있다. 의심이 많아 상대가 다가오면 철벽을 치고 받아 주지 않기도 한다. 조직에 충성하는 인물이다. 처음에는 겁이 많지만 용기를 갖게 되면서 영웅이 되는 ‘영웅 서사’의 주인공이 많다.

⑦ 모험가 - "나는 괜찮다"

주요 특징	-항상 행복하고 싶어 한다. -명랑하고 열정적이며 밝은 성격으로, 주변에서 즐거움을 발견하는 능력이 뛰어나다. -놀기를 좋아하고, 여행을 즐기며, 삶의 모든 순간에 재미를 추구한다. -즉흥적이며 변덕스럽고 충동적이다. -재주와 호기심이 많고, 새롭고 재미있는 일을 좋아한다. -상상력이 뛰어나고 아이디어가 풍부해 기획을 잘한다. -고통을 마주하기보다는 자신의 쾌락과 놀이에 몰두하며 피해 버린다. -의무에 매이는 구속적인 인간관계보다 가벼운 관계를 선호한다. -즉흥적으로 일을 벌이기 좋아하지만, 끈기 있게 마무리 짓지는 못한다. -신중함과 깊이가 부족해 진지한 대화가 어렵기도 하다. -스트레스를 받으면 신랄하고 냉소적인 태도를 보인다. -사무직보다는 영업직이나 자영업을 선호한다.
말투	에피소드로 꾸며서 말하기
방어 기제	합리화 - 부정적인 면을 애써 긍정적으로 생각하여, 자신의 행동에 정당성을 부여하는 것을 말한다. 영화 〈미세스 다웃파이어〉의 다니엘은 이혼을 당하고 나서 아이들을 만나기 위해 여장을 하지만, 이런 행동은 자신이 아이들을 사랑해서라고 합리화한다.
현실 인물	마크 트웨인, 짐 캐리, 스티븐 스필버그, 볼프강 모차르트, 조앤 롤링
작품 속 캐릭터	동화 〈마녀여도 괜찮아〉 루루, 〈피터 팬〉 피터 팬, 소설 〈톰 소여의 모험〉 톰 소여, 영화 〈시스터 액트〉 들로리스, 〈캐치 미 이프 유 캔〉 프랭크, 예능 〈자이언트 펭TV〉 펭수
이렇게 써 보자	어른스럽게 행동하는 것을 거부하고 동심을 유지한다. 타고난 엔터테이너로 연예인 기질이 풍부하다. 진지한 구석이 없고, 늘 어디로 튈지 모르는 럭비공 같다. 잔머리를 써서 원하는 것을 꼭 얻어 낸다.

⑧ 지도자 - "나는 강하다"

주요 특징	-리더십이 있어 남을 지배하고 싶어 하고, 남으로부터 지시받는 것을 싫어한다. -단도직입적이고 자기주장이 강해 거칠어 보인다. -강한 의지와 추진력으로 별명이 '불도저'인 경우가 많다. -자신을 보호할 줄 알고 자신감이 넘친다. -약자를 보호한다. -임기응변에 뛰어나고, 빠른 기간에 결단을 내린다. -세상을 전쟁터라 생각하고, 적 아니면 아군으로 보는 흑백 논리를 편다. -원한을 갖고 있으면 반드시 복수한다. -욕구가 좌절되면 화를 먼저 내야 속이 시원하다. -자신의 약한 구석을 들킬까 봐 남에게 먼저 다가가지 않으려 한다. -파렴치한인 경우가 있다. -사람들이 자기를 배신하거나 따르지 않을까 봐 두려워한다.
말투	명령조, 꼬투리 잡기
방어 기제	부인 - 어떤 일이 일어났음을 받아들이지 않는 것을 말한다. 영화 〈분노의 질주 : 더 세븐〉에서 루크는 다쳐서 치료를 받고 있지만, 이를 부인하고 싸우러 나간다.
현실 인물	칭기즈 칸, 거스 히딩크, 마틴 루터 킹, 윈스턴 처칠, 정주영, 유관순
작품 속 캐릭터	동화 〈건방진 도도군〉 도도, 소설 〈하이킹 걸즈〉 은성, 영화 〈말레피센트〉 말레피센트, 〈캡틴 마블〉 캐럴, 드라마 〈쌈, 마이웨이〉 최애라, 웹소설 〈미뽐이지 아니한가〉 미뽐, 〈쉬고 싶은 레이디〉 루비아
이렇게 써 보자	걸크러시 여자 주인공을 작품에 등장시키고 싶다면 이 캐릭터로 써 보자. 당한 만큼 복수하는 캐릭터로 쓸 수 있다. 거칠고 세지만 박력 있다. 행동을 할 때, 깊이 생각하기보다는 몸이 먼저 나간다. 전쟁터에서 영웅이 되는 캐릭터에도 많다.

⑨ 평화주의자 - "나는 평화롭다"

주요 특징	-항상 내면의 평화를 유지하고 싶어 한다. -성격이 느긋하고 태평하며, 남들 앞에 잘 나서지 않는다. -편견 없이 상대방 처지에서 생각하고, 남의 말을 잘 들어 준다. -갈등을 회피하여 문제를 축소하거나 무의식적으로 중요한 일을 잘 잊는다. -우유부단하여 결정을 내릴 때 곤란을 겪는다. -자기가 알아서 하기보다는 누가 시켜야 행동하는 수동적 모습을 보인다. -쉬는 날이면 텔레비전을 시청하거나 잠을 자면서 편안하게 있는 걸 좋아한다. -사람들과 연결이 끊어지는 것을 싫어해 모임에 끝까지 남는 편이다. -감정 전달과 의사 표현을 어려워한다. -자기 의견이 강하지 않아, 의견이 강한 사람에게 빠지거나 물들기 쉽다. -자신의 존재를 작게 여긴다.
말투	모험담
방어 기제	자기 최면 - 문제가 있는 상황에서도 자신과는 상관없다며 괜찮다고 여기는 것을 말한다. 영화 〈다크 나이트 라이즈〉에서 브루스 웨인은 무려 8년 동안 자기만의 동굴 속에서 스스로 고립되어 생활한다.
현실 인물	황희, 달라이 라마, 에이브러햄 링컨
작품 속 캐릭터	소설 〈귀여운 여인〉 올렌카, 〈빨간 머리 앤〉 다이애나, 〈반드시 다시 돌아온다〉 정하돈, 〈하이킹 걸즈〉 보라, 영화 〈반지의 제왕〉 호빗족, 〈뷰티 인사이드〉 홍이수, 〈어벤져스 : 엔드게임〉 토르, 드라마 〈동백꽃 필 무렵〉 변 소장
이렇게 써 보자	남에 대한 이해심이 뛰어나다. 사람들 사이에 갈등이 생겼을 때 중재를 잘한다. 아무 말 없이 프로젝트에서 빠져나가거나, 일을 한다고 해 놓고는 안 하는 수동적 공격으로 사람들을 곤란하게 만든다. 때로는 황소고집을 부린다.

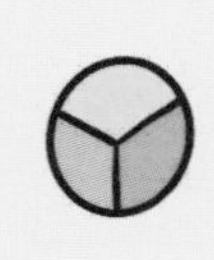

9가지유형

ENNEAGRAM

현대 심리학으로 캐릭터 만들기

작가는 새로운 유형의 인물을 창조하는 사람이다. 내가 만든 인물은 나와는 다른 사람이며 이전에는 존재하지 않던 사람이다. 이런 인물을 만들 때 심리학 지식이 꼭 필요하다. 심리학은 인간의 마음을 연구하는 학문이기 때문이다. 프로이트 심리학, 융 심리학, 이상 심리학으로 새로운 캐릭터 쓰는 법에 대해 알아보자.

프로이트 심리학으로 건강한 헐크 만들기

오스트리아의 정신과 의사이자 심리학자이며, 정신분석학의 창시자인 지그문트 프로이트(1856~1939)는 인간의 행동이 합리적으로만 이루어지는 것이 아니라 마음 깊숙한 곳에 숨어 있는 무의식으로부터 영향을 받는다고 주장했다. 이에 따라 프로이트는 한 사람의 마음 안에 이드, 초자아, 자아가 존재한다는 성격구조론을 펼쳤다. 이러한 이드, 초자아, 자아를 잘 알아 활용하면, 인간의 무의식을 건드리는 캐릭터를 만들 수 있다.

'이드'는 본능적이고 자기 멋대로 하고 싶어 하는 욕구이다.

먹고 싶으면 마음껏 먹고, 화나면 참지 않고 발산하며, 해야 할 일은 하지 않으면서 하고 싶은 일만 하는 욕구를 말한다. 즉, 쾌락에 따르는 행동을 한다. 따라서 이드가 강한 사람은 참을성이 없고 본능적으로 행동한다. 바로 영화 〈어벤져스 : 에이지 오브 울트론〉의 헐크 같은 인물이다. 헐크는 평상시에는 수줍은 박사의 모습이지만 화가 나면 이드 그 자체가 되어 적군이든 아군이든 가리지 않고 때려 부순다. 사람들은 이런 헐크의 행동을 보면서 자기 안의 이드가 해방되는 카타르시스를 느낀다. 소설 〈서유기〉의 저팔계 역시 성욕이나 식욕 같은 본능에 사로잡힌 이드 캐릭터다.

'초자아'란 쉽게 말해 마음속의 경찰관이다. 양심이라든지 '난 훌륭한 사람이다'라는 자기 이상 등이 초자아 기능이다. 초자아가 지나치게 강하면 완벽주의에 빠진다. 하지만 실제로 완벽한 사람은 없기에 초자아가 발달하면 자기 비난, 죄책감, 우울, 강박, 열등감에 빠져 주눅이 든다.

'자아'는 이러한 이드와 초자아를 조절하는 역할을 한다. 다이어트할 때를 예로 들어 보자. 이드가 주도하여 "먹자, 인생 뭐 있니?" 그러면 먹는다. 이드한테 진 것이다. 그때 초자아가 등장해서 "넌 쓰레기다. 그것도 조절 못 하냐?"라며 비난한다. 자아가 강하면 이 둘을 잘 조절할 수 있다. 내가 먹고 싶을 때도 식욕을 참을 수 있고, 설령 음식을 먹었더라도 자신을 비난하지 않는다. 자아가 약하면 둘 중 하나에 압도당한다. 욕구만 추구하는 삶을 살거나, 평생 자신을 비난하며 죄책감에 빠져 산다.

〈어벤져스 : 엔드게임〉 이전의 헐크는 분노하면 이드를 통제하지 못하고 미쳐 날뛰다가, 현실로 돌아오면 초자아의 질책을 받는 인물이었다. 〈어벤져스 : 엔드게임〉에서 헐크는 마침내 건강한 자아를 갖게 된다. 이드와 초자아를 잘 조절할 수 있게 되었기 때문이다.

이런 이드와 초자아를 캐릭터화한 영화가 있다. 〈그린북〉이라는 영화다. 이 영화는 1960년대 미국을 배경으로 한다. 우아하고 도도한 흑인 피아니스트 돈 셜리 박사는 흑인 차별이 심한 미국 남부 지역에서의 연주를 앞두고 운전수 겸 보디가드를 고용한다. 운전수는 이탈리아 이민자 출신 백인 토니다. 두 사람은 함께 8주 동안 남부로 연주 여행을 떠난다.

토니는 이드 그 자체다. 별명이 '토니 더 립'인데, '떠버리 허풍쟁이 토니'라는 뜻이다. 이는 토니가 입과 관련된 욕망을 참지 않는다는 뜻이기도 하다. 운전하면서도 조심성 없이 뒤를 돌아보며 수다를 떨고, 맨손으로 치킨을 쩝쩝대며 게걸스럽게 먹는다. 닭 뼈다귀와 쓰레기는 창밖으로 던져 버린다. 교양이라고는 눈을 씻고 봐도 찾을 수가 없다. 휴게소에서는 땅에 떨어진 행운석을 슬쩍 훔친다. 이런 행동을 하면서도 양심의 가책 따위는 없다. 원래 직업도 클럽에서 영업에 방해되는 손님을 폭력으로 응징하는

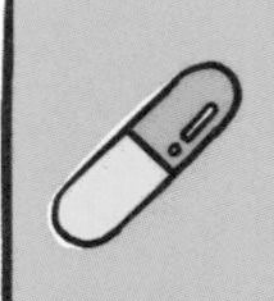

헐크만들기

FEAT. 프로이트 심리학

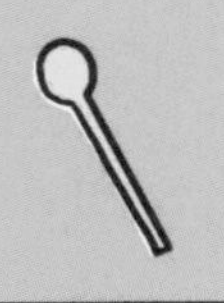

삼류 건달이었다.

반면, 셜리는 초자아를 상징한다. 완벽주의자에 옷도 깔끔하게 입고 교양 있는 말투를 쓴다. '자기 이상'도 높다. 방도 고급스럽게 꾸며 놓고 왕좌 같은 의자에 앉는다. 옷차림도 왕 같다. 토니가 휴게소에서 행운석을 훔친 걸 알고 다시 갖다 놓으라고 잔소리한다. 또 토니가 쓰레기를 창밖으로 마구 버리자 차를 후진시켜 줍게 한다.

하지만 셜리가 인종 차별을 당해 여러 사건에 휘말릴 때, 토니는 특유의 허풍과 배짱으로 그를 번번이 구해 낸다. 셜리는 사건을 겪을 때마다 지나치게 스스로 비난하고 우울해한다. 케네디 장관에게 전화해서 위기를 모면하고는 "그 사람이 날 어떻게 생각하겠어?"라며 자책한다.

동행의 플롯답게 두 사람은 함께 여행하면서 서로를 이해하게 되고, 서서히 바뀌어 간다. 셜리는 나중에 토니가 손으로 먹으라고 치킨을 건네주자, 그냥 받아먹기도 한다. 영화 끄트머리에 셜리는 토니에게 행운석을 안 돌려준 거 아니까 차에 놓으라고 한다. 셜리의 마음이 너그러워진 것이다. 심지어 지친 토니를 대신해 폭설에 운전을 하여 크리스마스 전날 토니를 집까지 데려다준다. 토니가 집에 도착하자, 집에 모여 있는 사람들이 8주 동안 어떤 일이 있었느냐고 묻는다. 하지만 토니는 더 이상 허풍을 떨지 않고 입을 다문다. 이드가 통제되기 시작한 것이다. 또한 셜리는 동생을 비롯해 남들이 먼저 자신에게 다가와 주기를 바라는 인물이었는데, 자존심을 내려놓고 토니를 찾아간다. 초자아의 높은 이상을 내려놓은 것이다.

이처럼 〈그린북〉에는 프로이트가 말한 이드와 초자아를 생생하게 상징하는 인물이 나온다. 이 인물들이 서로의 영향력으로 건강한 자아를 찾아가는 과정을 보여 준다.

융 심리학으로 온전한 인간 캐릭터 만들기

사춘기 남녀의 몸이 바뀌는 이야기는 늘 인기가 많다. 한창 성에 호기심이 많은 10대에 얄궂게 몸이 바뀌어 버리니까 말이다.

스위스의 정신의학자인 카를 구스타프 융(1875~1961)에 따르면, 사람은 태어날 때부터 이성異性의 원형을 가지고 태어난다. 융은 남성 안에 있는 여성 인물을 '아니마'라고 하고, 여성 안에 있는 남성 인물을 '아니무스'라고 했다.

한국융연구원을 운영 중인 이부영 교수는 《아니마와 아니무스 : 남성 속의 여성, 여성 속의 남성》에서 아니마와 아니무스를 자세히 설명한다. 융 심리학에서 아니마와 아니무스는 자아가 내면 세계와 관계를 맺는 징검다리 역할을 한다고 보았다. 단테가 쓴 〈신곡〉에는 거룩한 여성 베아트리체가 나온다. 그녀는 주인공을 더 높은 경지로 인도하는 역할을 한다. 영혼의 인도자로서의 아니마는 한 남성으로 하여금 깊은 통찰을 얻게 하는 무의식의 원형상이다.

온전한 인간으로 살려면 남성은 자기 내면의 여성성을, 여성은 내면의 남성성을 받아들이고 조화롭게 유지하면서 살아야 한다. 이를 잘 보여 주는 이야기가 바로 남녀의 성이 바뀌는 이야기다. 〈너의 이름은.〉, 〈보이 걸 씽〉, 〈체인지〉 같은 영화가 대표적이다. 이 영화들에는 공통점이 있다. 남자 주인공은 거칠고 문제아고, 여자 주인공은 순응적이고 모범생이라는 설정이다. 이 중에서도 남녀 주인공의 차이를 가장 극명하게 보여 주는 영화는 〈너의 이름은.〉이다.

〈너의 이름은.〉의 남자 주인공 타키는 말과 행동이 거친 남학생이다. 사람들과 공감하는 법, 소통하는 법이 서툴다. 걸핏하면 남들과 싸운다. 타키는 아르바이트하는 곳에서 만난 연상의 여성 오쿠데라를 좋아하는데, 그와 어떻게 관계를 맺어야 할지 모른다. 여자 주인공 미츠하는 친구들이 대놓고 자기에 대해 수군거려도 못 들은 척하며, 하기 싫은 일도 꾸역꾸역 하는 소극적이고 수동적인 인물이다.

두 사람은 몸이 바뀌면서 서로에게 영향을 준다. 타키는 미츠하와 몸이 바뀐 후 타인과 부드럽게 소통하는 법을 배워 나간다. 오쿠데라에게서 "난 타키를 좋아하고 있었어. 타키는 누군가를 만났고, 그 누군가가 타키를 변하게 했어."라는 말을 듣기도 한다. 그 누군가는 미츠하고, 타키의 아니마다. 타키는 자신의 아니마를 만나면서 자신에게 부족한 점을 채워 나가게 된다.

마찬가지로 미츠하는 타키를 통해 자신에게 부족한 점을 채운다. 예전에는 아버지에게 "어깨 펴고 당당하게 걸어."라는 말을 들을 정도로 소심했던 미츠하가 타키라는 아니무스를 만나면서 강력하게 자신의 의지를 밀어붙여 마을 사람들을 구하는 영웅이 된다. 혜성이 떨어지던 날, 미츠하는 친구들과 힘을 합쳐 변전소를 폭발하고, 마을 방송선을 모두 차단하고, 대피 명령을 내리게 한다. 그 계획이 중간에 좌절되지만, 결국 미츠하는 아버지를 설득해 사람들을 대피시킨다.

타키와 미츠하는 서로를 좋아하게 되지만 나중에는 서로의 이름을 기억할 수도 없게 된다. 왜냐하면 모두 꿈같은 일이고, 꿈은 무의식의 영역이기 때문이다. 이런 장치야말로 이 영화가 무의식적인 아니마와 아니무스를 형상화한 것임을 잘 보여 준다.

영화 〈보이 걸 씽〉도 비슷한 이야기다. 공부는 못하고 운동만 좋아하는 풋볼 선수 우디와 시를 좋아하는 새침데기 모범생 넬이 싸우다가 서로 몸이 바뀐다. 시만 좋아하던 여학생 넬이 운동을 배우며 땀 흘리는 즐거움을 알게 되고, 운동만 하던 남학생 우디가 시를 읽으며 자신 안의 섬세함을 발견하게 되는 이야기로, 이 영화도 자신의 아니무스와 아니마를 찾아가는 내용이다.

이상 심리학으로 사이코 캐릭터 만들기

뉴스를 보면 전 배우자를 끝까지 찾아내 살해한 범죄자나 연쇄 살인마 같은 극악무도한 범죄자들이 곧잘 나온다. 현실도 이럴진대, 소설이나 영화에서 더한 인물이 나오지 말란 법이 없다. 이런 캐릭터를 내 작품 속에 등장시켜 보면 어떨까?

사람들의 이상 행동을 탐구하고, 성격 이상자의 심리를 연구하는 학문 분야를 이상 심리학이라고 한다. 이상 심리학을 바탕으로 6가지 사이코 캐릭터를 만들어 보자. 이 6가지 캐릭터의 이상 심리를 잘 알면 파격적인 캐릭터를 형상화해서 작품을 끌고 갈 수 있을 것이다.

현실에서는 피해야 할 인물이지만, 작품을 쓸 때는 필요하기도 한 인물이 바로 이상 심리를 가진 사람들이다. 지금부터 이상 심리를 가진 사람들의 특징과 함께 영화나 소설에서 나온 이들 캐릭터를 소개하고자 한다.

내가 제일 잘났어 - 자기애성 성격 장애

이런 사람을 영어로는 '나르시시스트narcissist'라고 한다. 자기가 제일 잘난 줄 아는 사람이다. 늘 자기 자랑을 하고, 주변 사람들이 자기에게 찬사를 보내 주기를 바란다. 사실 이들은 마음 깊은 곳에 열등감이 자리 잡고 있기 때문에 자기 자존감을 높여 줄 수 있는 사람을 곁에 두려고 한다. 다시 말해 타인을 자신의 자존감을 높이는 도구 정도로 생각한다. 남의 감정을 알려고 하지 않을뿐더러 오로지 자기 목적을 위해 타인을 착취한다. 공감 능력이 없기 때문에 진정한 인간관계를 맺지 못한다. 행동이 건방지고 오만하다. 자기를 특별한 사람이라고 여기기 때문에 어디서든 특별한 대우를 받으려 한다. 식당에서 수가 틀리면 "여기 사장 나오라 그래."라고 말하는 유형이다. 이들은 사람들이 자기를 치켜세워 주지 않으면 분노하고, 잘못을 저지르면서도 자기에게는 그런 특권이 있다고 여긴다. 상대의 약점을 알게 되면, 이를 이용해 상대를 깎아내리고 자신을 높인다.

또 이런 사람은 다른 사람들을 통제하고 조종하려 한다. 가장 큰 피해자는 이들을 부모로 둔 아이들이다. 이런 유형의 부모는 아이를 통제하고 조종한다. 아이를 트로피처럼 여겨 자기의 자랑거리로 삼으려 한다. 아이를 개별적인 인격으로 여기지도 않고, 차별 대우하기도 한다.

소설 〈경애의 마음〉에서 남자 주인공 상수의 아버지가 이런 유형이다. 상수는 대입 4수를 앞두고 있다. 더 이상 공부할 마음이 없어 아버지에게 공부를 그만두겠다고 말한다. 그러나 아버지는 자식을 명문대에 보낼 생각밖에는 없는 사람이다. 그는 트로피 같은 자식을 원하기 때문에 분노를 터트리며 상수에게 농구공을 던진다. 농구공에 얼굴을 맞은 상수는 코뼈가 부러진다. 상수는 4수를 하지 않겠다는 의지를 아버지에게 표출했고 얻어맞기까지 했으니 자신의 의견이 아버지에게 잘 전달된 걸로 생각한다. 상수는 이제 학원에 안 가도 되겠다고 좋아한다. 하지만 다음날 집 앞에 기숙 학원 봉고차가 와 있는 것을 보고 좌절한다. 아버지는 상수의 마음에 전혀 공감해 주지 않은 것이다. 이런 아버지가 자기애성 성격 장애를 가진 사람이다.

〈어벤져스 : 엔드게임〉의 타노스 역시 자기애성 성격 장애자다. 타노스는 자기가 특별한 존재이며, 이 세상을 통제하고 심판할 수 있다고 생각한다. 그래서 지구 인구의 절반을 없앨 특권이 자기에게 있다고 생각한다. 타노스는 또한 자녀들을 통제한다. 타노스는 여자아이 둘을 입양했는데, 한 명은 네뷸라이고 다른 한 명은 가모라다. 타노스는 애정을 주기 위해서가 아니라 전투 기계로 만들기 위해 이들을 수양딸로 삼았다. 그러고서 두 딸을 서로 경쟁시킨다. 타노스는 네뷸라를 사이보그로 개조해 머릿속까지 들여다볼 수 있게 만든다. 네뷸라를 인격적으로 존중하지 않을 뿐만 아니라 자기 목적에 맞춰 착취한다. 이렇게 네뷸라를 조종하는 모습은 자기애성 성격 장애를 가진 부모의 전형적인 모습이다. 타노스는 가모라를 편애하지만 결국 우주 정복을 위한 소울 스톤을 얻기 위해 가모라를 죽인다. 이 행동 역시 자기 목적을 이루기 위해 상대를 이용하는 자기애성 성격 장애의 특징을 보여 준다.

모든 사람이 다 의심스러워 - 편집성 성격 장애

이런 유형은 남을 믿지 않는다. 다른 사람의 의도를 늘 왜곡하고 의심하며 적대적으로 해석한다. 그들의 동기를 순수하게 받아들이지 못하고 남들이 자신에게 해를 끼치거나 속인다고 여긴다. 모욕을 받았다고 생각하면 오랫동안 상대를 용서하지 않고 보복하는 성향이 있다. 타인이 자기를 공격할 거라는 생각에 늘 경계하는 삶을 산다. 당연히 대인 관계가 원만하지 못하고, 주변 사람들과 반목하기 쉽다.

이 유형 중에는 테러리스트처럼 폭력을 해결책으로 삼는 사람들이 있다. 또한 이유 없이 친구나 배우자를 의심한다. 셰익스피어 비극 〈오셀로〉의 주인공 오셀로는 근거 없이 자기 아내를 의심하여 죽인다. 그래서 의처증과 의부증을 '오셀로 증후군'이라고 한다.

소설 〈붉은 낙엽〉의 주인공 에릭도 편집성 성격 장애자다. 에릭이 사는 마을에서 한 소녀가 사라진다. 에릭은 사춘기 아들이 그 소녀의 베이비시터를 했다는 사실을 알게 된다. 그는 아들이 범인이라고 의심한다. 자기 형을 의심하기도 한다. 또 아내가 바람을 피운다고 생각한다. 그 밖에도 여러 사람을 의심한다. 처음에는 독자들이 그의 의심에 동조한다. 합리적이고 객관적으로 보이기 때문이다. 하지만 이야기가 진행되면서 독자들은 에릭의 의심에 의문을 갖게 된다.

내 기분 나도 몰라 - 경계선 성격 장애

상황에 따라 기분이 좋았다가 나빴다가 하는 정도가 극단적으로 롤러코스터처럼 반복되는 것을 말한다. 이런 유형의 가장 큰 특징은 정서적 불안정성이다. 마음이 늘 공허하다가도 괜찮아 보이는 사람을 만나면 '진짜 멋진 사람', '내 소울메이트'라며 이상화한다.

이성 관계에서도 빠르게 가까워진다. 이들은 상대가 항상 함께 있어 주거나, 격한 애정 표현을 해 주기를 원한다. 그게 좌절되면 상대를 '쓰레기'로 몰아치며 깎아내린다. 한 사람에 대한 애정과 증오의 마음이 심하게 널뛰기를 한다. 사고방식이 이분법적이고 매사에 극단적이다.

이들은 자신이 원하는 것을 얻기 위해 떼를 쓰다시피 해서 상대를 조종한다. 흔히 키우던 반려동물을 버리는 행동을 '유기'라고 하는데, 이들 마음속에는 항상 이런 '유기 불안'이 있다. 사랑하는 사람이 자기를 떠날 기미를 보이면 극도로 불안해한다. 상대를 붙잡으려고 스토킹을 하고, 상대의 학교나 직장에 찾아가 행패를 부리기도 한다. 자해하거나 자살하겠다고 협박하는데, 실제로 그렇게 하기도 한다.

영화 〈어바웃 어 보이〉의 마커스 엄마 피오나가 경계선 성격 장애자다. 아침이면 우울해서 대성통곡을 하기도 한다. 자살 시도를 한 적도 있는데, 다음 날 피오나가 아들 마커스에게 말한다.

어제 같은 생각은 들지 않는다고. 그러나 마커스는 지금 당장은 엄마 기분이 괜찮아도, 그다음 날은 또 어떻게 될지 모른다는 걸 알고 있다. 그래서 마커스는 늘 불안하다. 엄마를 지키기 위해 누군가 더 필요하다고 생각한다. 그래서 윌을 찾아간다. 엄마의 성격 장애 때문에 이야기가 진행된다.

법 따위는 개나 줘 버려 - 반사회성 성격 장애

사람들 중에는 법을 무시하는 유형이 있다. 자신의 욕구와 이익을 위해서는 수단과 방법을 가리지 않는다. 거짓말을 밥 먹듯이 하는가 하면, 사람들을 조종하여 사기도 잘 친다. 이들은 남에게 상처를 주거나 해를 입히고서도 전혀 개의치 않는다. 다른 사람의 권리 따위는 아랑곳하지 않기 때문이다. 그래서 남을 착취하며 살아간다. 남에게 피해를 주는 일에 죄책감을 느끼지도 않고 후회도 하지 않는다. 가족을 때리기도 하고, 심지어 자신이 원하는 것을 얻기 위해 살인을 저지르기도 한다. 당연히 사회에 적응하지 못한다.

FBI 프로파일러 출신 조 내버로가 쓴 《위험한 사람들》이라는 책에서는 이들을 '포식자 유형'이라 지칭하고, 받을 줄만 알고 줄 줄을 모르는 사람들이라고 했다. 우리가 흔히 말하는 사이코패스가 이들이다. 소설 〈살인자의 기억법〉에 나오는 연쇄 살인마가 이런 유형이다.

껌딱지가 어때서 - 의존성 성격 장애

스스로 독립하지 못하고 남에게 의존하는 사람이 이 유형이다. 의사 결정 능력이나 문제 해결 능력이 떨어져 사소한 일부터 중요한 일까지 혼자 해결하지 못하고 남에게 결정을 맡긴다. 의존하는 상대가 자기를 떠날까 봐 반대 의견을 말하지 못한다. 자기주장이란 게 없고, 의존하는 상대를 만족시키는 데 삶의 에너지를 쓴다. 혼자 있으면 두려워하고 낙심한다. 의존하던 사람과 헤어지면 또 다른 의존 대상을 재빨리 찾는다. 버려질 거라는 공포심 때문에 상대가 자기를 보살펴 주기만 하면 부당한 요구까지 다 들어준다. 이 때문에 의존 상대가 나쁜 사람이라면 그 사람에게 착취당하고 이용당하는 삶을 살게 된다.

영화 〈혐오스런 마츠코의 일생〉에서 주인공 마츠코가 의존성 성격 장애자다. 처음에 마츠코는 아버지의 사랑을 받기 위해 아버지 뜻을 따라 교사가 된다. 제자가 일으킨 절도 사건으로 학교에서 해고된 뒤에는 사랑하는 남자가 술집에서 돈을 벌어 오라고 하니까 술집에서 일한다. 그 뒤로도 주체적으로 살지 못하고 끝없이 의존 대상을 찾아 나서고, 만나는 남자들에게 자신의 인생을 맡긴다. 그러다 악질적인 남자를 만나 착취당하고, 남자가 자기를 버릴 거라는 이야기를 듣는다. 배신감에 휩싸인 마츠코는 남자를 죽이고 만다. 그런 다음 자살하려고 간 곳에서 자신에게 친절을 베푸는 이발사를 만나고, 그를 사랑하게 된다. 그와의 사랑도 잠시, 살인죄로 마츠코는 감옥에 간다. 감옥에서 이발사를 위해 미용 기술을 배운다. 출소 뒤에 이발사를 찾아가지만, 그는 마츠코를 잊은 지 오래고 이미 가정도 이루었다. 나중에 자기 인생을 꼬이게 만든 조폭 남자를 만나 의존해 살면서 또 착취를 당한다. 그가 죽으라면 죽는 시늉까지 한다. 평생을 남에게 의존만 하고 살다가, 말년에는 누구도 믿지 못하는 은둔형 외톨이가 되어 결국 비참한 삶을 마감한다.

내가 주인공이야 - 연극성 성격 장애

이런 유형은 자신이 관심의 주인공이 되지 못하면 불편해한다. 다른 사람들의 관심을 끌기 위해 끊임없이 노력한다. 연극 같은 말투와 태도로 과장된 정서 표현을 하지만, 구체적인 내용이 없을 때가 많다. 상황에 맞지 않게 이성을 성적으로 유혹하거나 도발적인 행동을 한다. 사람들이 자신에게 특별한 관심을 보이지 않으면 자신을 싫어한다고 생각해서 불안해한다. 지나치게 외모에 신경을 쓰고 허영심이 많다.

영화 〈욕망이라는 이름의 전차〉의 블랑쉬가 이 유형이다. 그녀는 시골 명문 집안 출신이지만, 집을 날린 뒤 도시에 사는 여동생의 좁은 집에 얹혀산다. 그런 형편이면서도 보석과 사치스러운 옷에 집착한다. 여동생은 언니가 씻고 나올 때마다 주변 사람들에게 "예쁘다고 말해 주세요."라고 부탁한다. 다른 사람의 애정과 관심을 받고 싶은 욕구가 큰 블랑쉬의 성격을 잘 알고 있었기 때문이다. 블랑쉬는 과거에도 사람들의 관심을 얻으려고 외모를 이용해 남자들을 유혹한 적이 있다. 심지어 동생 집에 살면서도 신문값 받으러 온 청년을 유혹하고, 제부의 친구를 유혹한다. 말투는 연극 조로 격한 감정을 실어 말한다. 블랑쉬는 결국 현실에 적응하지 못해 파멸로 치닫고 만다.

이상 심리를 가진 사람들을 6가지 유형으로 나누어 살펴보았다. 이런 인물들을 작품에 주연 또는 조연으로 등장시켜 보자. 어느 순간 이들이 이야기를 끌고 나갈 것이다.

7장

창작에도 공식이 있다

_창작 비밀 공식 10가지

STEP BY STEP

재미있는 영화와 드라마를 보거나 소설을 읽고 나면 '나도 한 번 써 보고 싶다'는 의지가 불타오른다. 그럴 때 창작을 잘할 수 있게 해 주는 공식을 안다면 얼마나 좋을까? 수학 문제를 풀 때 공식을 이해하고 잘 활용하면 쉽게 문제를 풀 수 있듯이, 창작도 마찬가지다. 재미있는 이야기를 만드는 데에는 몇 가지 공식이 있다. 다음에 소개하는 10가지 공식을 터득하면, 훨씬 더 흥미진진한 이야기를 쓸 수 있을 것이다.

복선은 초반에 딱 한 번!

러시아의 소설가이자 극작가 안톤 체호프는 복선의 의미를 강조해서 이렇게 말했다. "1막에서 권총이 나오면, 3막에서는 발사하라." 복선이란 독자들에게 소설이나 희곡에서 앞으로 일어날 일을 미리 암시하는 것이다. 이때 주의할 점은 '앞으로 이 단서는 매우 중요할 거야.'라고 대놓고 알리지 말아야 한다는 것이다. 복선은 중심 사건과 멀리 떨어뜨려 초반에 딱 한 번만 언급하면 된다. 영화에서는 앞부분에 나오는 텔레비전 속 영상이 뒷부분에 일어날 일을 암시하는 복선 기법이 많이 쓰인다.

〈해리 포터〉 시리즈에서는 영화 초반에 나오는 수업이 다 복선이다. 스네이프 교수가 "누구 늑대 인간에 대해 말해 볼 사람?"이라고 묻는다. 그러면 똑똑한 헤르미온느가 손을 들어 늑대 인간의 특징을 말하고, 스네이프 교수는 잘난 척한다고 헤르미온느를 핀잔준다. 그 장면에서는 절대 늑대 인간에게 집중하지 않는다. 스네이프가 해리 포터를 미워하기 때문에 그의 친구인 헤르미온느까지 미워한다는 인상이 더 강조된다. 그러나 영화가 진행되면 늑대 인간이 나오고, 헤르미온느가 말했던 특징이 정보가 되어 아이들은 위기를 모면한다.

영화 〈닥터 스트레인지〉에서 스티븐 스트레인지는 수련 과정에서 우연히 아가모토의 눈을 목에 걸고 주문을 외다가, 방금 먹은 사과가 새것이 되는 걸 보게 된다. 그는 이 사건으로 시간을 조절할 수 있는 마법이 있다는 걸 알아낸다. 나중에 작품 절정부에서 홍콩 생텀이 무너져 희망이 사라졌을 때, 그는 이 마법을 기억해 내 사건을 해결한다. 이게 복선이다. 〈겨울왕국 2〉에서는 올라프가 마법의 숲에 가면서 "물은 과거를 기억한다."를 비롯해 쓸데없는 수다를 많이 떤다. 다들 시끄럽다고 정색을 하는데, 그 말이 복선이 되어 여러 사건이 전개된다.

반전은 깊은 인상을 남긴다

반전 있는 이야기는 독자와 관객에게 큰 재미를 준다. 반전을 만드는 데는 몇 가지 방식이 있다.

첫째, 믿었던 인물이 배신자인 경우다. 배신자가 주인공에게 미션을 준 상사거나 주인공이 사랑하는 연인, 또는 주인공이 도망칠 때 도움을 준 바로 그 사람이라면! 영화 〈인터스텔라〉에서는 누가 봐도 믿음직했던 만 박사가 반전 인물로 그려진다.

둘째, 악인인 줄 알았는데 은인인 경우다. 언제나 주인공을 사납게 노려보는 것 같고 주인공이 무슨 일을 할 때 나서서 반대해 악당인 줄로만 알았는데, 알고 보니 은인이었다. 〈해리 포터〉 시리즈의 스네이프 교수가 그런 인물이다. 사실은 애증의 감정으로 해리 포터를 지켜 주었던 것!

셋째, 우상이었던 인물이 악당인 경우다. 애니메이션 〈코코〉와 〈업〉에서는 같은 반전이 나온다. 주인공이 우상으로 여긴 인물이 알고 보니 악당이라는 설정이다.

넷째, 목숨을 걸고 찾은 것이 가짜인 경우다. 영화 〈메이즈 러너 : 데스 큐어〉에서 토머스와 친구들이 모든 자원을 사용해 민호를 구출하려 하지만, 막상 찾아낸 기차 칸에는 민호가 없다. 또한 영화 〈엣지 오브 투모로우〉에서처럼 주인공이 죽을힘을 다해 결정적인 단서를 찾지만, 그게 함정인 경우도 있다. 〈해리 포터와 혼혈 왕자〉에서는 덤블도어 교수가 죽어 가면서까지 찾은 호크룩스가 가짜였다.

다섯째, 죽은 줄 알았던 인물이 살아 있는 경우다. 〈메이즈 러너 : 데스 큐어〉에서는 죽은 줄 알았던 갤리가 나타나 토머스와 친구들을 살려 준다.

여섯째, 등장인물의 정체가 반전인 경우다. 영화 〈유주얼 서스펙트〉나 〈식스 센스〉는 반전으로 유명하니 꼭 보도록 하자. 소설 〈달콤한 나의 도시〉, 〈두근두근 내 인생〉에서도 등장인물의 정체가 드러나는 반전으로 독자들을 충격에 빠뜨린다.

밀당의 고수가 되자

독자 또는 관객이 조마조마한 마음으로 '주인공이 제발 여기서는 들키면 안 돼!', '여기서 잡히지 마.' 하고 소망하는 순간이 있다. 이때 작가는 두 가지 선택을 할 수 있다. 독자들의 기대에 맞출 수도 있고, 기대를 배신할 수도 있다. 독자들의 기대대로 흘러가면 내용이 뻔하고 지루해진다. 반대로 독자들의 기대를 배신하면 독자들은 피로해한다. 때로는 독자들의 요구를 들어주고, 때로는 독자들의 뒤통수를 치며 밀당을 벌여야 한다. 이야기가 흥미진진하려면 위기와 절정 부분에서는 독자들을 조마조마하게 만든 다음, 독자들의 기대를 배신하며 몰아치면 된다.

숫자 3의 비밀을 기억하자

이야기는 숫자 '3'을 좋아한다. 세계 여러 나라의 수많은 이야기에는 동화 〈아기돼지 삼형제〉처럼 3이라는 숫자가 나온다. 삼형제 중에서는 꼭 셋째인 막내가 시합에서 이기며, 모험을 떠날 때도 세 번째 시도에서 성공하기 마련이다. 동화 〈미카엘라〉에서처럼 우승자가 되려면 미션 세 개를 통과해야 한다.

여러분의 주인공이 무엇인가를 하고자 할 때 이야기가 술술 풀리면 재미가 없다. 주인공을 가로막는 장애물을 세 가지 정도 만들어 보자. 영화 〈헝거 게임〉 시리즈와 〈메이즈 러너〉 시리즈는 이야기의 구조가 비슷하다. 첫 번째 장애물은 내부 방해물이다. 〈헝거 게임〉에서는 주인공 캣니스가 12구역에서 온 아이들을 다 죽여야 승자가 된다. 이게 내부 방해자인 셈이다. 두 번째 방해물은 괴물이다. 머테이션이라는 괴물을 물리쳐야 한다. 주인공이 힘들게 이기고 나니, 세 번째의 진짜 방해물이 앞을 가로막는다. 바로 권력자 스노우 대통령이다. 수도 캐피탈만 살찌우고 나머지 12구역을 식민지화한 권력이다.

〈메이즈 러너〉에서 내부 방해자는 갤리다. 갤리는 사사건건 주인공 토머스를 괴롭힌다. 두 번째는 괴물 그리버고, 마지막은 위키드라는 제약 회사 권력이다. 이처럼 두 영화에는 똑같이 세 가지 장애물이 나오고, 장애물의 요소도 내부 방해물, 괴물, 권력으로 똑같다.

숫자 3은 로맨스에서도 활약한다. 주인공들의 사랑을 방해하는 요소가 세 가지는 나와야 한다. 첫 번째는 둘이 서로를 싫어한다. "어머, 넌 그때 그 싸가지?" 이러면서 시작한다. 그러다 둘이 좋아하게 되면 주변 인물이 두 번째 방해물로 등장한다. 드라마 〈상속자들〉에서는 약혼녀가 등장해서 여자 주인공을 방해한다. 드라마 〈어쩌다 발견한 하루〉에서는 재벌 2세인 주인공 오남주의 주변 여자들이 시기심으로 여자 주인공 여주다를 괴롭히며 둘 사이를 훼방 놓는다. 세 번째 방해물은 남자 주인공의 부모다. 〈상속자들〉에서는 남자 주인공 김탄의 아버지가 여자 주인공 차은상을 먼 곳으로 보내 버린다. 〈어쩌다 발견한 하루〉에서는 오남주의 엄마가 여주다를 강력하게 반대한다.

금기는 초반에 넣는다

이야기에서는 흔히 초반에 금기가 등장하고, 중간에는 꼭 금기를 깨는 사건이 벌어진다. 영화 〈해리 포터와 마법사의 돌〉에서는 입학식 날 덤블도어 교장이 '절대 들어가서는 안 되는 방'에 대해 알려 준다. 그 뒤에 해리 포터와 친구들은 금기를 깨고 그 방에 들어가게 된다. 동화 〈잠자는 숲속의 공주〉에는 '공주가 절대 물레 바늘에 찔리면 안 된다'는 금기가 나온다. 하지만 공주는 물레 바늘에 찔리고 만다. 이를 확장해 놓은 이야기가 영화 〈말레피센트〉다.

시한폭탄은 심장을 쫄깃하게 한다

영화에는 시한폭탄이 많이 등장한다. 액션 영화를 보면 흔히 "남은 시간은 3분이야. 3분 안에 미션을 수행 못 하면 우린 끝이야." 이런 대사가 나온다. 시간이 짧은 만큼 긴장감이 올라간다. 〈코코〉에서는 미구엘이 저승에서 해가 뜨기 전까지 친척 중 한 명에게 축복을 받아야 한다. 해 뜨는 시간이 다가오도록 축복을 못 받자 몸이 점점 투명해진다. 동화 〈도둑왕 아모세〉에서는 고대 이집트 최고의 도둑인 아모세가 투탕카멘의 무덤에 들어갈 때

"촛불이 꺼지기 전에 나와야 한다."는 지시를 듣는다. 이런 설정도 다 시한폭탄이다. 또한 작품 설정 자체가 시한폭탄인 경우도 있다. 영화 〈스피드〉에서는 범인이 버스가 시속 50마일 이하로 속도가 떨어지면 폭발하도록 만들어 놓았다. 따라서 질주할 수밖에 없는 버스가 시한폭탄인 설정이다.

중요 대사는 재활용한다

같은 대사를 주인공의 성장 전과 후에 보여 주면 울림이 크다. 영화 〈레인맨〉에서 찰리는 아버지와 싸우고 가출해서 사는 자동차 중개상이다. 어느 날, 아버지가 죽으면서 막대한 유산을 형에게 물려주었다는 사실을 알게 된다. 형 레이먼드는 자폐증 환자로 정신병원에 있다. 찰리는 유산을 노리고 형의 보호자가 되겠다며 그를 정신병원에서 데리고 나온다. 찰리는 형에게 "하나는 나쁘고, 둘은 좋아."라고 세뇌시킨다. 함께 여행을 하면서 형과의 우애를 되살리게 된 찰리는 마음을 고쳐먹고 형을 다시 정신병원로 돌려보낸다. 그때 형이 기차에 타면서 한 대사 "하나는 나쁘고, 둘은 좋아."는 감동을 준다.

영화 〈업타운 걸스〉에서 애어른인 8살 레이는 자신의 보모 몰리를 한심하게 본다. 스무 살이 넘었어도 철없는 행동만 하기 때문이다. 레이는 몰리에게 "이 방에 어른이 어디 있어?"라고 비난한다. 하지만 몰리와 함께 온갖 사건을 겪고 나서 레이는 몰리에게 마음의 문을 연다. 몰리는 레이에게 자신은 더 이상 보모를 하지 않을 거라고 말한다. 친구끼리 돈을 받고 일하는 건 아니라고 하면서 말이다. 그러자 레이는 어른과 어린이가 친구 하는 경우는 없다고 말한다. 몰리는 "이 방에 어른이 어디 있어?"라고 따뜻하게 웃으며 얘기한다. 그러자 레이는 "있어."라고 응수한다.

애너그램과 암호를 활용한다

애너그램anagram이란 한 단어나 어구에 있는 단어 철자들의 순서를 바꾸어 원래의 의미와 논리적으로 연관이 있는 다른 단어 또는 어구를 만드는 기법이다. 영화 〈에놀라 홈즈〉에서는 갑자기 떠나 버린 엄마를 찾기 위해 주인공 에놀라 홈즈가 애너그램과 암호를 활용한다. 영화 〈다빈치 코드〉에서는 루브르 박물관 수석 큐레이터가 살해당한다. 그는 'O, Draconian devil!(오, 드라코 같은 악마여)', 'Oh, lame saint!(오, 불구의 성인이여)'라는 메시지를 남긴다. 주인공 로버트 랭던은 이를 'Leonardo da Vinci(레오나르도 다빈치), The Mona Lisa(모나리자)'로 풀어낸다.

영화 〈해리 포터와 비밀의 방〉에서 'Tom Marvolo Riddle'이 애너그램을 통해 'I am Lord Voldemort'로 바뀐다. 톰 리들이 볼드모트 경이 된다는 뜻이다. 영화 〈매트릭스〉에서는 주인공 이름이 네오(Neo)인데, 이는 'ONE' 즉 '유일한 사람, 구원자'의 뜻도 된다.

그 밖에 편지에서 각 문장의 앞 글자만 떼어 읽으면 편지 내용과는 정반대로 읽히거나, 영어 알파벳 또는 한글 자모에서 몇 글자 앞이나 뒤 글자를 가지고 해석하기도 한다. 예를 들어 두 사람이 암호를 보낼 때 '앞쪽으로 세 번째 알파벳이 진짜 의미'라고 약속을 했다면, 'dssoh'라는 암호는 각 알파벳에서 앞쪽으로 세 번째에 있는 알파벳의 조합인 'apple'이 된다. 정해진 책의 몇 번째 페이지 몇 번째 줄 몇 번째 낱말을 암호로 쓸 수도 있다.

그런가 하면 수학, 논리학, 철학 명제를 활용할 수도 있다. 소설 〈천국의 소년〉에서는 살해 현장에 '나는 거짓말쟁이다.'라는 명제가 적혀 있다. 이는 크레타 출신 그리스 예언자인 에피메니데스의 '모든 크레타 사람은 거짓말쟁이다.'라는 명제를 변형한 것으로, 이 명제는 참이어도 거짓이어도 모순이 된다. 그러니까 〈천국의 소년〉은 모순이 담긴 명제로 소설 전체를 끌고 나간다.

시선 강탈 '신 스틸러'를 만든다

영화나 드라마에는 흔히 '신 스틸러scene stealer'라고 불리는 인물이 있다. 보는 이들로 하여금 시선을 뗄 수 없게 만드는 등장인물인데, 연기력이 뛰어나 주연보다 주목받는 조연 배우를 일컫는다. 신 스틸러를 만들려면 한 가지 특징을 확실하게 부여해야 한다. 주인공이 진지하다면 조연을 푼수 오지랖 캐릭터로 만들어 주인공이 사건을 해결하는 데 결정적 도움을 주면 좋다. 예컨대 〈라이언 킹〉에는 티몬과 품바, 영화 〈스파이더맨 : 파 프롬 홈〉에는 네드가 있다. 반면, 등장하기만 하면 소름 끼치고 불안해지는 신 스틸러도 있다. 드라마 〈미스터 션샤인〉의 이완익, 〈킹덤〉의 조학주 같은 악역이 그런 인물이다.

에피소드 24개의 비밀

보통 2시간 분량의 시나리오를 쓴다면, 에피소드가 24개 정도 나오면 된다. 〈코코〉를 예로 든다면, 미구엘이 혼자 전설적인 가수 에르네스토의 영상을 보는 장면이 에피소드 한 개가 된다. 이때 미구엘이 심취해서 보는 영상이 훗날 복선이 되므로 중요한 사건이라고 할 수 있다. 나중에 미구엘이 음악 경연 대회에 나간다고 하자 할머니가 미구엘의 기타를 부수어 버리는 장면이 나온다. 또 미구엘이 기타를 구하지 못해 에르네스토의 기타를 훔치다가 '죽은 자들의 세상'에 들어가 우연히 헥터를 만나는 장면이 있다. 이런 식으로 에피소드가 계속 펼쳐진다.

이처럼 장편 시나리오를 쓸 때 에피소드를 24개 내외로 만든다고 생각하고 글을 써 보자. 장편 소설을 쓸 때는 딱 24개라는 숫자에 국한되지 않아도 된다. 하지만 분명한 것은 몇 개의 에피소드만으로 밋밋하게 장편을 채우려 하면 안 된다는 것이다. 여러 개의 풍부한 에피소드를 준비하여 흥미진진하게 이야기를 끌어가자.

8장

몰입도를 높이는 서사, 묘사, 시점 바로 쓰기

STEP BY STEP

이제 작품의 설계도는 완성되었다. 기승전결도 짜 놓았고, 플롯과 캐릭터도 설정해 놓았다. 창작 비밀 공식까지 더해 작품 구상을 마쳤다. 그다음, 본격적으로 글을 쓰기 전에 준비해야 될 게 남았다. 먼저 서사와 묘사의 개념을 알아야 한다. 글을 쓴다는 건 서사와 묘사를 병행하는 일이기 때문이다. 또한 작품의 시점도 미리 결정해야 한다. 시점에 따라 작품의 결이 달라지기 때문이다. 이 장에서는 서사, 묘사, 시점 쓰는 법을 알아보기로 하자.

폭풍처럼 몰아치는 서사 쓰기

서사란 사건의 진행을 서술하는 것이다. 등장인물들이 움직이며 이야기가 진행되는 것을 말한다. "그 영화, 내용이 뭐야?"라고 물었을 때, 영화에서 나온 사건만 간추려 이야기하는 것을 서사라고 보면 된다.

요즘은 서사를 위주로 하여 내용이 빨리 전개되는 작품이 많다. 작가는 자기 이야기의 서사가 무엇인지 시작부터 끝까지 생각해 놓아야 한다. 시놉시스, 트리트먼트를 공들여 쓰면서 개연성 있는 사건을 미리 만들어 놓는 것이 무엇보다 중요하다. 여러분 이야기의 서사는 무엇인가?

서사를 쓸 때는 기교 없이 일기 쓰듯 쓰는 것이 좋다. 문장을 잘 쓰려는 생각 없이 주인공들에게 무슨 일이 일어나고 있는지 사건을 쭉 써 본다. 문장은 나중에 다듬으면 된다. 사건이 생각날 때마다 아이디어 노트에 메모를 해 두면 유용하다. 이야기가 앞뒤로 잘 연결되는지 끊임없이 생각하면서 서사를 완성해 나간다.

이야기를 실감 나게 하는 묘사 쓰기

묘사는 어떤 대상이 어떻게 보이는가를 서술하는 것이다. 묘사에는 크게 두 가지가 있다. 심리 묘사와 사물 · 풍경 묘사다.

모든 이야기에는 심리 묘사가 들어간다. 작가는 등장인물을 정확하게 이해하고 있어야 한다. 왜 그 인물이 그런 마음을 먹는지 작가가 알아야 제대로 된 심리 묘사를 할 수 있기 때문이다. 심리학 공부를 꾸준히 하면 등장인물들의 말과 행동에 개연성을 부여하는 묘사에 큰 도움이 될 것이다. 6장에서 에니어그램과 심리학으로 캐릭터 쓰기를 공부한 이유도 이것이다. 캐릭터 공부를 하면 각 캐릭터의 욕망과 주된 정서, 특징, 말투, 방어 기제 등을 알게 되어 자연스레 심리 묘사를 할 수 있다.

사물 묘사나 풍경 묘사는 오감을 이용해 보자. 주인공이 숲속에 들어갔다면, 코로 느낄 수 있는 나무 향과 피부를 스치는 바람의 촉감, 들려오는 새 소리, 울창한 숲 사이로 비치는 햇살 한 줄기, 새콤한 산딸기 등으로 숲을 묘사한다. 하지만 필력을 보여 준답시고 묘사를 길게 쓰면 지루해진다. 요즘은 풍경이나 사물 묘사가 세 줄을 넘으면 독자들이 그 부분을 그냥 넘겨 버린다. 짧게 쓰면서도 묘사하고자 하는 대상을 독자들이 잘 연상하게끔 강조해 보자.

서사와 묘사 함께 연습하기

서사와 묘사 쓰기에 대해 배웠으니, 이에 따라 실제로 써 보는 연습을 해 보자. 다음에 몇 가지 방법을 소개한다.

일기를 쓴다

일기를 쓰면 그날 있었던 일(서사)과 내 감정(심리 묘사), 그날 본 것들(사물·풍경 묘사)을 동시에 써 보는 훈련이 된다.

작품을 읽으면서 서사와 묘사를 각각 분류해 본다

염상섭의 소설 〈삼대〉는 서사는 서사대로 빠르게 진행되고,

등장인물의 미묘한 심리 묘사는 심리 묘사대로 세세하게 그려진 작품이다. 꼭 이런 고전 작품으로 공부해야만 하는 것은 아니다. 서사와 묘사가 잘 드러난 작품이나 자기가 좋아하는 작품을 펼쳐 들고 서사와 묘사를 구분해 가며 읽어 보자.

영상물을 직접 글로 적어 보는 훈련을 한다

드라마 〈시그널〉과 〈킹덤〉을 쓴 김은희 작가는 습작할 때 영화 내용을 자신의 글로 적어 보는 훈련을 많이 했다고 한다. 영화나 드라마 내용을 글로 적어 보면 서사와 묘사 연습이 동시에 된다. 사건의 진행, 인물의 심리 묘사, 눈에 보이는 사물 묘사 등을 한꺼번에 할 수 있기 때문이다. 영화나 드라마 전체를 처음부터 끝까지 글로 적어 보아도 좋고, 내게 가장 필요한 부분만 적어도 좋다. 내가 서사 쓰는 것이 약하다면 서사 위주의 영화를 골라서 적어 보고, 절정 쓰는 것이 약하다면 좋아하는 작품의 절정 부분만 적어 본다.

이야기를 잘 담아내는 시점 쓰기

시점에는 크게 세 가지가 있다. 1인칭 시점, 3인칭 시점, 혼합형 시점이다.

1인칭 시점은 '나'가 이야기를 끌어간다. 1인칭 시점은 다시 둘로 나뉘는데, 1인칭 관찰자 시점과 1인칭 주인공 시점이다. 1인칭 관찰자 시점은 소설 〈사랑손님과 어머니〉, 영화 〈쇼생크 탈출〉, 〈세 얼간이〉처럼 서술자인 '나'가 관찰자 역할을 하고 실질적인 주인공은 따로 있다. 1인칭 주인공 시점은 '나'가 주인공이 되어 사건을 전개해 나간다.

1인칭 시점의 장점은 독자들이 감정이입하기가 쉽다는 점이다. 단점은 작품 속 다른 곳에서 일어나는 사건을 독자들이 정확히 알기 어렵다는 점이다. 소설 〈헝거 게임〉은 1인칭으로 쓰여 있다. 그래서 주인공에게 감정이입하기는 쉬운데, 주인공이 다른 곳에서 일어나는 사건을 추측해서 서술해 나가기 때문에 독자들은 무슨 사건이 일어났는지 정확히 알 수 없다.

2인칭 시점은 없다. 간혹 '너'가 주어인 소설이 있기는 하다. 청소년 소설 〈친구가 되기 5분 전〉이나 〈외톨이〉 같은 작품이다. 하지만 이 경우는 사실 1인칭 시점이다. '나'가 '너'를 지칭하며 이야기를 풀어 가기 때문이다.

3인칭 시점에는 3인칭 관찰자 시점과 전지적 작가 시점이 있다. 3인칭 관찰자 시점은 인물의 행동과 말만으로 이야기를 끌고 나가야 한다. 시나리오 말고는 이렇게 쓴 작품이 드물다. 소설과 동화에서는 주로 전지적 작가 시점이 쓰인다. 작가가 모든 등장인물의 심리를 알려 주는 것이다. 전지적 작가 시점의 장점은 전체적인 사건 파악이 쉽다는 점이다. 단점은 독자들이 등장인물 한 명 한 명에 몰입하기가 어렵다는 점이다. 전지적 작가 시점에서는 시점에 맞는 표현을 쓰는 데 특히 주의해야 한다. '그'라는 인물의 심리 묘사를 하면서 "그는 화가 난 듯했다."라고 쓰면 맞지 않는다. "그는 화가 났다."라고 써야 한다.

전지적 작가 시점에는 일반적인 전지적 시점과 달리 제한 전지적 시점도 있다. 모든 등장인물의 마음을 묘사하기보다는 주인공의 마음을 마치 1인칭처럼 보여 주는 시점이다. "영희는 마음이 복잡했다. 늑대가 그녀를 기다릴 것을 알고 있기 때문이었다. 영희는 초조한 마음에 시계만 보았다."처럼, 주로 주인공의 관점에서만 사건을 서술하고, 주인공의 심리만 적는 걸 말한다. 이 문장을 보면 주어가 '영희'로 3인칭이지만 1인칭처럼 보인다.

앞에서 설명한 전통적인 시점에 더하여 최근에는 웹소설 등에서 1인칭과 3인칭을 혼합하여 쓰는 혼합형 시점이 유행이다. 웹소설 〈재혼황후〉, 〈쉬고 싶은 레이디〉 등에서 쓴 기법이다. 주인공이 등장할 때는 1인칭으로 써서 몰입도를 높이고, 주인공이 없는 상황에서는 전지적 작가 시점을 써서 소설 속 다른 사건들의 진행 상황을 잘 보여 준다. 혼합형 시점은 각 시점의 장점만을 활용한 것으로, 아직까지 순문학에서는 쓰이지 않고 웹소설에서만 선보이고 있다.

9장

글맛을 살리는 바른 문장 쓰기

STEP BY STEP

글을 처음 쓸 때는 문장을 독특하고 화려하게 쓰는 것보다 더 중요한 게 있다. 말하고자 하는 바를 정확하게 쓰는 것이고, 비문 없이 쓰는 것이다. 비문이란 문법에 맞지 않는 문장을 말한다. 아무리 시놉시스가 훌륭하고 내용이 그럴듯해도, 작품에 비문이 가득하다면 독자들이 읽어 나갈 수 없다. 이 장에서는 좋은 문장을 쓰기 위해 반드시 알아야 할 기본 요소를 살펴보려고 한다. 기본기를 잘 다진 후에 자신만의 개성 있는 문체를 완성해 나가자.

문장은 짧게 쓴다

문장을 짧게 써야 비문이 줄어든다. 한 문장에서 주어와 서술어가 3개 이상인가? 이럴 때는 문장을 나누어 주는 게 좋다. 문장이 짧아야 내용에 긴장감이 생긴다. 또한 독자도 글을 이해하기 쉬워 빨리 읽어 나갈 수 있다.

> 운동화 끈을 질끈 묶던 영희의 옆에서 양손을 허리에 짚고 못마땅한 표정으로 이모가 영희에게 말했다.
> "너 오늘도 산에 간다면, 큰일이 날 텐데, 산에 요즘 늑대가 나오기 때문이야."
>
> → 영희는 운동화 끈을 질끈 묶었다. 그 옆에서 이모가 양손을 허리에 짚었다. 못마땅한 표정으로 말했다.
> "너 오늘도 산에 가? 가면 큰일 날 거야. 산에 요즘 늑대가 나온다잖니."

문장 성분 중 생략할 수 있는 것과 생략할 수 없는 것을 구분한다

한 문단에서 첫 문장의 주어는 반드시 써야 한다. 하지만 바로 뒤에 이어진 문장의 주어가 앞 문장과 같다면 생략해도 된다. 이어진 문장에서 주어가 다르면 반드시 주어를 써야 한다.

> 영희는 그 말을 듣고 뜨끔했다. 영희가 산에 가는 건, 그 늑대를 만나기 위해서니까.
> "산에 가는 거 아냐."
> 영희가 볼멘 소리로 대꾸했다. 영희가 현관문을 열자, 이모가 영희를 막아섰다.

→ 영희는 그 말을 듣고 뜨끔했다. 산에 가는 건, 그 늑대를 만나기 위해서니까.
"산에 가는 거 아냐."
볼멘소리로 대꾸했다. 현관문을 열자, 이모가 영희를 막아섰다.

위 문장에서 '영희가'라는 주어는 세 군데 모두 생략할 수 있다. 하지만 마지막 '이모가'는 생략하면 안 된다. 영희를 막아선 건 이모이기 때문이다.

군더더기는 덜어 낸다

이상하게 글이 술술 잘 써진다면 군더더기 말이 없는지 살펴보자. 불필요한 표현 없이 간결해야 글이 늘어지지 않아 잘 읽힌다.

접속사는 꼭 필요할 때만 쓴다

그는 던전에서 눈을 떴다. 그러자 거대한 몬스터들이 침을 흘리며 다가왔다. 그러나 그의 눈에 빠져나갈 문은 보이지 않았다.

→ 그는 던전에서 눈을 떴다. 거대한 몬스터들이 침을 흘리며 다가왔다. 그의 눈에 빠져나갈 문은 보이지 않았다.

중복되는 표현은 하나만 쓴다

거대한 몬스터들은 엄청나게 컸다. 그를 압도했다.

→ 거대한 몬스터들은 그를 압도했다.

'거대한'과 '엄청나게 컸다'라는 말은 같은 말이다. 한 가지 표현만 남겨도 된다.

쓰나 마나 한 표현은 쓰지 않는다

그는 왠지 묘하게 불쾌해졌다. 자기도 모르게 뒷걸음질 쳤다.

→ 그는 불쾌해져서, 뒷걸음질 쳤다.

'왠지', '묘하게', '자기도 모르게'라는 표현은 군더더기다. 왜 그가 그런 심리를 느꼈는지 정확하게 써야 한다.

'~고 있다', '~는 중이다' '~는 것이다'를 쓰지 않는다

박 씨는 소리 지르는 중이었다.

→ 박 씨는 소리 질렀다.

그는 살려고 애를 쓰는 것이었다.

→ 그는 살려고 애를 썼다.

던전은 싸늘한 기운을 보이고 있었다.

→ 던전은 싸늘했다.

그가 던전에 머물고 있는 동안 점점 주위가 어두워지는 중이었다.

→ 그가 던전에 머무는 동안 점점 주위가 어두워졌다.

그때 다른 헌터들이 흐느끼기 시작하는 것이었다.

→ 그때 다른 헌터들이 흐느끼기 시작했다.

자주 쓰는 표현 습관을 고친다

작가마다 선호하는 단어와 자주 쓰는 표현이 있다. 나는 〈누가 뭐래도 내 길을 갈래〉를 쓸 때, '고개'라는 말을 많이 썼다. '고개를 끄덕였다', '고개를 흔들었다'처럼 말이다. 글을 수정하면서 일명 '고개 대첩'을 치렀다. '고개'가 들어간 표현을 다른 표현으로 바꾸느라 진땀을 뺐다. 작가가 자주 쓰는 표현은 독자들 눈에도 잘 띈다. 다른 표현으로 바꾸어 보자. 그 밖에도 부사어를 문장 맨 앞에 쓰는 습관이 있었다. '정말 그는 기뻐했다'와 같은 식이다. 이런 문장을 '그는 정말 기뻐했다'로 바꾸었다. 글 쓸 때 독특한 자신만의 습관이 있다면 고쳐 가면서 써 보자.

문장 호응이 잘 이루어지도록 한다

문장 안에서 앞에 어떤 말이 나오면 뒤에 적절한 말로 대응하는 것을 '호응'이라고 한다. 문장 성분 사이의 호응이 이루어지지 않으면 비문이 된다. 특히 서술어와의 호응에 신경쓴다.

주어와 서술어의 호응

내 꿈은 훌륭한 의사가 되고 싶다.

→ 내 꿈은 훌륭한 의사가 되는 것이다.

→ (또는) 나는 훌륭한 의사가 되고 싶다.

부사어와 서술어의 호응

그는 너무 피곤했다. 왜냐하면 하루 종일 고블린과 싸웠다.

→ 그는 너무 피곤했다. 왜냐하면 하루 종일 고블린과 싸웠기 때문이다.

이 밖에도 '비록 -ㄹ일지라도, 결코 ~지 않겠다, 어쩌면 -ㄹ 것이다. 마치 ~ 같다'와 같은 표현을 쓸 때 문장 호응이 되는지 주의 깊게 살펴본다.

이중 피동을 쓰지 않는다

간혹 이중 피동을 쓰는 경우가 있는데, 이는 잘못된 표현이다. 먼저 능동문과 피동문의 예를 살펴보자.

능동문 : 경찰이 도둑을 잡았다.

피동문 : 도둑이 경찰에게 잡혔다.

능동사를 피동사로 바꾸려면 동사에 피동 접미사인 '-이-, -히-, -리-, -기-'를 붙이거나 피동 보조 동사 '-아/-어/-여지다'

를 붙이면 된다. 그런데 이 두 가지를 다 써서 피동문을 만들면 이중 피동이 된다.

'열려진 창문'은 이중 피동을 쓴 표현이다. '열다'라는 능동사에 '-리-'라는 피동 접미사가 붙으면 '열리다'라는 피동사가 된다. 거기에 '-어지다'라는 피동 접미사를 한 번 더 써서 이중 피동으로 '열려지다'가 되었다. 바른 표현은 '열린 창문'이다.

'잡혀지다', '불려지다', '놓여지다' 등은 모두 이중 피동으로, 바른 표현은 '잡히다', '불리다', '놓이다'이다.

번역 투를 쓰지 않도록 한다

요즘은 어릴 때부터 영어를 배우다 보니 알게 모르게 번역 투 문장을 쓰는 일이 많다.

~에 의하여

영어 'by'를 그대로 번역한 표현이다. 영어 수동태를 배우다 보니 이런 표현을 쓰게 된다.

시민들에 의하여 만들어진 동상
➡ 시민들이 만든 동상

~이 요구된다

영어 'be required of'를 해석하면서 나온 문장이다.

국민들의 사회적 거리 두기 동참이 요구되는 것은 그 이유 때문이다.

→ 그 이유 때문에 국민들은 사회적 거리 두기에 동참해야 한다.

어려운 말은 쉽게 풀어 쓴다

미국 작가 너새니얼 호손은 "읽기 쉬운 글이 가장 쓰기 어렵다."라는 말을 했다. 어려운 말을 써야 잘 쓴 글이라고 생각하기 쉬운데 그렇지 않다. 굳이 어려운 말을 쓰지 않고 독자들이 잘 이해할 수 있도록 써야 잘 쓴 글이라 할 수 있다.

그 결과는 책임자가 안이하게 대처했다는 방증이다.

→ 책임자가 안이하게 대처했기 때문에 그 결과가 나왔다.

정부는 시민이 보다 더 나은 삶을 영위할 수 있게 정책을 마련해야 한다.

→ 정부는 시민이 더 낫게 살아가도록 정책을 마련해야 한다.

문장을 잘 쓰는 데 특별한 방법이 있는 건 아니다. 처음에는 단순하게 써도 된다. 문장 호응이 잘되고, 문법에 맞으면 된다. 멋을 부리며 쓰려고 하지 말자. 이 8가지 기본기를 잘 다져 나가면, 언젠가는 자신만의 문체로 멋진 글을 쓸 수 있을 것이다.

10장

내 이야기가 독자를 만나기까지

"출판사를 어떻게 만나서 책을 출간하시는 거예요?"

어떤 고등학교에서 연 강연에서 한 학생이 물은 질문이다.

많은 10대 작가 지망생들이 글 쓰는 것뿐만 아니라 책이 나오는 과정을 궁금해한다. 나는 순문학으로 종이책도 출간해 보았고, 웹소설을 여러 플랫폼에 연재도 해 보았다. 이런 경험을 바탕으로 이 장에서는 내 원고가 독자를 만나기까지의 과정을 소개해 보겠다.

고쳐 쓰기가 초고 쓰기보다 중요하다

작가가 맨 처음 완성한 원고를 '초고'라고 한다. 초보 작가들은 초고를 절대 건드리지 않아야 한다고 생각하기 쉽다. 하지만 노벨 문학상을 수상한 헤밍웨이조차도 "모든 초고는 걸레다."라고 했다. 실제로 헤밍웨이는 소설 〈무기여 잘 있거라〉의 마지막 페이지를 39번 고쳤다고 한다.

그럼 초고를 어떻게 고치면 될까? 많은 작가들이 하는 고쳐 쓰기 방법은 일단 초고를 일정 기간 보지 않는 것이다. 보통 2주 이상 초고를 보지 않는다. 원래 초고를 막 완성한 다음에는 자기 글의 단점이 잘 보이지 않기 때문이다. 하지만 시간이 흐른 뒤에 다시 보게 되면, 내가 아니라 남이 쓴 글처럼 고칠 점이 적나라하게 드러난다. 낯이 뜨거울 정도다. 나도 여러 번 경험했다. 이때 과감하게 고치면 된다.

또 다른 방법은 주변 사람들에게 작품을 읽어 봐 달라고 부탁을 하는 것이다. 꼭 글 쓰는 사람이 아니어도 된다. 오히려 평범한 독자가 자신이 보지 못한 글의 오류나 단점을 발견해 줄 수 있다. 친구인 이진미 작가가 동화 〈백만장자 할머니와 상속자들〉이라는 작품으로 우수출판콘텐츠 제작 지원 사업에 선정되었을 때 이 작품의 초고를 본 적이 있는데, 최종작은 전혀 다른 내용이었다. 초고를 처음부터 끝까지 거의 글자 한 자 그대로 쓰지 않고, 설정 하나만 남기고 세 번을 말 그대로 갈아엎었다고 한다. 청소년 소설 〈꽃 달고 살아남기〉를 쓴 최영희 작가는 같은 원고를 장르뿐 아니라 독자 연령까지 다 바꿔 아홉 번이나 다시 썼다고 한다. 나도 인쇄 들어가기 전날까지 작품을 고친 적이 있다. 19세기 프랑스의 소설가 발자크는 심지어 인쇄 중에도 작품을 수정하는 통에 편집자들 사이에서 악명이 높았다고 한다.

고칠수록 좋은 작품이 된다. 그러므로 원고를 쓴 뒤 바로 공모전에 보내거나 출판사에 투고하지 말고 고칠 점이 없나 꼼꼼히 살펴보고 보내자. 고쳐 쓰는 또 다른 방법은 이 책 2장부터 9장까지의 내용이 자신의 글에 잘 반영되었는지를 살펴보면 된다.

내 작품이 독자를 만나는 경로

동화나 소설 같은 순문학 종이책이 나오는 과정은 크게 두 가지로 나눠 볼 수 있다. 하나는 출판사에서 주최하는 공모전에 도전하는 것이다. 공모전을 통해 당선이 되면 그 출판사에서 책이 나온다. 공모전은 공모전 정보 사이트인 '엽서시 문학공모' 사이트(www.ilovecontest.com/munhak)에서 확인할 수 있다. 마감 날짜, 분량 등이 나와 있으니 맞추어 보내면 된다.

또 하나는 출판사에 직접 투고하는 것이다. 출판사에서 낸 책의 맨 앞 페이지나 마지막 페이지를 보면 출판사 메일 주소가 적혀 있는 경우가 있다. 만약 책에 메일 주소가 나와 있지 않다면, 인터넷 검색창에 출판사를 검색해 보자. 출판사 홈페이지에 메일 주소가 나와 있기도 하다. 그래도 투고 메일 주소를 못 찾았다면 출판사 홈페이지에 나온 전화번호로 전화를 해서 투고 메일 주소를 물어보면 된다.

평소 온오프라인 서점에 들러서 내 이야기와 비슷한 작품을 출간하는 출판사를 검색해 투고하는 것도 좋다. 어떤 작가는 원고 여섯 개를 모두 출판사 투고로 출간 계약했는데, 출판사가 다 달랐다. 역사 동화를 쓰면 역사 동화 내는 곳을 찾고, 판타지 소설을 쓰면 판타지 소설 내는 곳을 찾았다. 그렇게 자기 작품에 맞게 출판사를 골라 계약한 것이다.

한 가지 팁이 더 있다. 출판사에 원고를 보낼 때 시놉시스를 복사해 메일 창에 띄워서 편집자가 바로 볼 수 있게 한다. 물론 시놉시스와 원고를 첨부 파일로 보내지만, 편집자가 더 빨리 내 원고를 검토해 볼 수 있도록 성의를 보여 주면 좋다.

여러 군데 원고를 투고해도 아무 곳에서도 연락이 안 올 수 있다. 원고의 완성도가 아직 낮은 것이라 생각하고 다시 수정하면 된다. 하지만 자기 원고에 자신이 있다면, 내 작품을 알아봐 줄 곳과 연결될 때까지 도전해 본다. 조앤 롤링의 〈해리 포터〉도 무려 12군데 출판사에서 거절을 당했다고 한다. 동료 작가 중에도 29군데 출판사에서 거절당한 원고를 30번째 투고한 출판사에서 출간하는 것을 본 적 있다. 작품이 완성도가 있다면 포기하지 말고 계속 투고해 보자.

계약할 때는 매절 계약과 인세 계약이 있다. 매절 계약은 책이 몇 권 팔리든 작가가 한 번에 저작권료를 받고 저작권을 출판사에 넘기는 방식이다. 인세 계약은 책의 판매 부수에 비례해서 계약된 일정의 대가를 작가가 지속적으로 받는 방식이다. 인세는 보통 성인 책이라면 정가의 10퍼센트로 결정된다.

어린이 대상 도서는 출판사가 글 작가뿐 아니라 그림 작가와도 계약을 하기 때문에, 전체 인세 가운데 그림 비중이 높은 저학년 도서와 글 비중이 높은 고학년 도서의 인세 비율이 다르다. 여기서 글 작가의 인세 비율을 살펴보면, 보통 그림책의 경우는 정가의 3~4퍼센트, 초등 저학년 동화는 6~7퍼센트, 고학년 동화는 6~8퍼센트 정도로 형성되어 있다. 하지만 구체적인 인세 비율은 출판사 사정에 따라 달라질 수 있다.

웹소설도 기본적으로는 종이책과 마찬가지로 공모전과 투고를 통해 출판사와 계약하면 된다. 그런데 웹소설은 주로 종이책보다는 웹상으로 독자들과 먼저 만난다. 그 때문에 독자들을 만나는 과정에서 종이책과 다른 점이 있다. 바로 플랫폼에 연재를 하면서 출판사와 접촉할 수 있다는 점이다. 2020년 상반기 현재 카카오페이지는 개인이 연재할 수 없고, 출판사와 계약을 한 작품만 연재할 수 있다. 따라서 신인 작가들은 조아라, 문피아, 네이버 챌린지리그 플랫폼 등에 무료 연재를 하면 된다.

작품이 독자들의 인기를 끌면, 출판사에서 먼저 계약을 하자며 연락이 오기도 한다. 1화 연재만으로 출간 제안을 받기도 하는데, 소재가 떨어지거나 연재 중단 우려가 있으니 적어도 5화까지 쓰고 계약하는 것이 바람직하다.

인세 계약을 할 경우, 전체 매출에서 플랫폼 수수료를 떼고 보통 작가 대 출판사가 7 : 3의 비율로 계약을 한다. 로맨스물은 출판사 편집자가 처음부터 편집에 신경 써 주는 경우가 있어 6 : 4로도 계약을 한다.

편집을 거쳐 내 작품이 세상에 나오기까지

작품이 공모전에 당선되거나 출판사에 원고를 투고한 후 책을 출간하게 되면 저작권 계약을 하게 된다. 계약을 했다고 내 원고가 바로 책으로 나오는 것은 아니다. 세계적인 작가 스티븐 킹은《유혹하는 글쓰기》에서 '글 쓰는 건 인간의 영역, 편집은 신의 영역'이라고 했다. 물론 실력을 갈고닦은 수준 높은 작가라면 한 번에 편집이 완성될 수도 있다. 하지만 대부분의 작가는 편집자가 제안하는 원고 수정 방향에 따라 몇 번이고 수정을 거듭해야 한다. 이 과정을 마치면, 출판사가 원고와 표지를 디자인해서 책을 세상에 내놓는다.

웹소설도 크게 다르지 않다. 책과 마찬가지로 초고를 몇 번이

나 고쳐 쓰는 과정이 필요하다. 부분적으로 수정할 수도 있고, 전체를 수정할 수도 있다. 이런 수정 과정을 거친 뒤에 플랫폼에 유료 연재를 하면서 독자를 만나게 된다. 여러 플랫폼에 몇 차례 연재를 하고 나면, 전자책이나 종이책으로 출간되기도 한다.

자신의 이름으로 책을 내는 일은 자식을 낳는 일과 같다. 나는 내 첫 책이 나올 때 너무 설레어 며칠 동안 잠을 못 이루기도 했다. 웹소설을 연재하는 것도 마찬가지다. 작품이 웹상에서 연재되면, 독자들이 즐겁게 읽고 댓글도 달아 준다. 그걸 보는 즐거움도 크다.

이 책을 읽으면서 작은 영감이라도 떠오른다면 용기를 내어 작품을 써 보자. 그런 다음 주저하지 말고 원고를 공모전에 보내고, 출판사에 투고도 하고, 플랫폼에 연재도 해 보자. 내 작품이 독자들과 만나는 기쁨을 누리게 되는 날이 반드시 올 것이다.

나가는 말

새로운 세상의 창조자가 될 여러분에게

'아모르 파티Amor Fati'라는 말 많이 들어 봤죠? 이것은 원래 라틴어에서 유래된 말로, 독일의 철학자 프리드리히 니체가 즐겨 써서 유명해진 '네 운명을 사랑하라'는 뜻이지요. 이 책을 다 읽은 분들은 '작가가 될 운명'을 가지고 태어났을 거라고 저는 확신해요. 그래서 무엇보다 여러분이 글 쓰며 살아야 할 운명을 사랑했으면 좋겠어요.

작가가 될 사람들은 오랜 시간이 걸리더라도 결국 자기만의 이야기를 쓰게 됩니다. 지금 당장 거창한 이야기를 써 내지 못해도 괜찮아요. 낙담은 금지, 좌절도 금지입니다! 지금은 내 소중한 꿈을 사랑하며 계속 나아가는 게 중요해요. 쓰고 또 써 보세요. 이 책에 나온 대로 처음에는 한 줄 이야기와 시놉시스를 써 보다가 나중에 단편과 장편 쓰기까지 찬찬히 나아가는 거예요. 그러다 보면 여러분 머릿속에만 있던 어마어마한 세계를 독자들과 나누는 기쁨을 누리게 될 거예요.

여러분이 여러분의 작품을 사랑할 독자들과 만날 날을 저 또한 간절히 고대합니다. 늘 여러분을 응원합니다.

함께 성장하는 작가, 김은재

참고 자료

1. 스토리텔링 관련 참고 도서

〈그림자 : 우리 마음속의 어두운 반려자〉 이부영, 한길사, 1999
〈멜로드라마 스토리텔링의 비밀〉 김공숙, 푸른사상, 2017
〈시나리오 어떻게 쓸 것인가〉 로버트 맥키, 민음인, 2002
〈시학〉 아리스토텔레스, 문예출판사, 2002
〈신화, 영웅 그리고 시나리오 쓰기〉 크리스토퍼 보글러, 비즈앤비즈, 2013
〈아니마와 아니무스 : 남성 속의 여성, 여성 속의 남성〉 이부영, 한길사 2001
〈에니어그램의 지혜〉 돈 리처드 리소 · 러스 허드슨, 한문화, 2015
〈위험한 사람들〉 조 내버로 · 토니 시아라 포인터, 리더스북, 2014
〈이수열 선생님의 우리말 바로 쓰기〉 이수열, 현암사, 2014
〈유혹하는 글쓰기〉 스티븐 킹, 김영사, 2002
〈이야기의 힘!〉 EBS 다큐프라임 '이야기의 힘' 제작팀, 황금물고기, 2011
〈인간의 마음을 사로잡는 스무 가지 플롯〉 로널드 B. 토비아스, 풀빛, 2007
〈정신분석에로의 초대〉 이무석, 이유, 2006
〈천의 얼굴을 가진 영웅〉 조지프 캠벨, 민음사, 2018
〈현대 이상심리학〉 권석만, 학지사, 2013

2. 동화, 소설, 웹소설 참고 도서

〈경애의 마음〉 김금희, 창비, 2018
〈그 남자의 정원〉 로즈빈, 와이엠북스, 2015
〈그녀가 공작저로 가야 했던 사정〉 밀차, 잇북, 2017
〈그림자 길들이기〉 최은옥, 교학사, 2013
〈나 혼자만 레벨업〉 추공, 파피루스, 2018
〈누가 뭐래도 내 길을 갈래〉 김은재, 사계절, 2018
〈닥터 최태수〉 조석호, 마이더스스토리, 2019
〈도둑왕 아모세〉 유현산, 창비, 2016
〈로맨스가 가능해?〉 송정원, 디앤씨미디어, 2018
〈로봇 친구 앤디〉 박현경, 별숲, 2016
〈르네 마그리트의 '연인'〉 유지나, 유지나, 2016
〈마녀여도 괜찮아〉 신전향, 바람의아이들, 2020
〈마녀식당으로 오세요〉 구상희, 다산북스, 2016
〈마지막 잎새〉 오 헨리, 더클래식, 2020
〈모두 깜언〉 김중미, 창비, 2015
〈미카엘라〉 박에스더, 고릴라박스, 2017
〈백만장자 할머니와 상속자들〉 이진미, 웃는돌고래, 2019
〈빈껍데기 공작부인〉 진세하, 연담, 2019
〈보건교사 안은영〉 정세랑, 민음사, 2015
〈분홍문의 기적〉 강정연, 비룡소, 2016
〈붉은 낙엽〉 토머스 H. 쿡, 고려원북스, 2013
〈비행운〉 김애란, 문학과지성사, 2012
〈빨간 머리 앤〉 루시 모드 몽고메리, 글담, 2008
〈살인자의 기억법〉 김영하, 문학동네, 2013
〈삼대〉 염상섭, 문학과지성사, 2004
〈서유기〉 오승은, 문학과지성사. 2010
〈선암여고 탐정단〉 박하익, 황금가지, 2013
〈쉬고 싶은 레이디〉 유인, A·LIST, 2019
〈시간 가게〉 이나영, 문학동네, 2013
〈아몬드〉 손원평, 창비, 2017
〈악플 전쟁〉 이규희, 별숲, 2013
〈연애 세포 핵분열 중〉 김은재, 푸른책들, 2017
〈열세 번째 아이〉 이은용, 문학동네, 2012
〈오늘의 민수〉, 김혜정, 문학과 지성사, 2017
〈오이디푸스 왕〉 소포클레스, 민음사, 2009
〈외톨이〉 김인해 외, 푸른책들, 2010

〈우주 최강 문제아〉 신지영 외, 푸른책들, 2011
〈위대한 개츠비〉 F. 스콧 피츠제럴드, 문학동네, 2009
〈위저드 베이커리〉 구병모, 창비, 2009
〈이상한 과자 가게 전천당〉, 히로시마 레이코, 길벗스쿨, 2019
〈유령 호텔에 놀러 오세요〉 김혜정, 위즈덤하우스, 2017
〈작은 아씨들〉 루이자 메이 올컷, 알에이치코리아, 2020
〈잔소리 붕어빵〉 최은옥, 푸른책들, 2014
〈재혼황후〉 알파타르트, 해피북스투유, 2020
〈전지적 독자 시점〉 싱숑, 문피아, 2020
〈전하와 나〉 박수정(방울마마), 동아, 2017
〈창문 넘어 도망친 100세 노인〉 요나스 요나손, 열린책들, 2013
〈체리새우 : 비밀글입니다〉 황영미, 문학동네, 2019
〈치즈인더트랩〉 순끼, 위즈덤하우스, 2018
〈친구가 되기 5분 전〉 시게마츠 기요시, 푸른숲, 2008
〈파랑새〉 모리스 마테를링크, 시공주니어, 2019
〈파혼은 어떻게 하나요?〉 강하다, 단글, 2017
〈표백〉 장강명, 한겨레출판, 2011
〈하이킹 걸즈〉 김혜정, 비룡소, 2018
〈한밤중 달빛 식당〉 이분희, 비룡소, 2018
〈황금 깃털〉 정설아, 문학과지성사, 2012
〈헝거 게임〉 수잔 콜린스, 북폴리오, 2020

3. 영화

〈가위손〉 미국, 1990년, 감독 : 팀 버튼
〈강철비〉 한국, 2017년, 감독 : 양우석
〈겨울왕국 2〉 미국, 2019년, 감독 : 크리스 벅 · 제니퍼 리
〈공조〉 한국, 2017년, 감독 : 김성훈
〈그렇게 아버지가 된다〉 일본, 2013년, 감독 : 고레에다 히로카즈
〈그린북〉 미국, 2018년, 감독 : 피터 패럴리
〈극한직업〉 한국, 2019년, 감독 : 이병헌
〈글래디에이터〉 미국 외, 2000년, 감독 : 리들리 스콧
〈기생충〉 한국, 2019년, 감독 : 봉준호
〈내안의 그놈〉 한국, 2019년, 감독 : 강효진
〈내가 널 사랑할 수 없는 10가지 이유〉 미국, 1999년, 감독 : 길 정거
〈다빈치 코드〉 미국, 2006년, 감독 : 론 하워드
〈다크 나이트 라이즈〉 미국, 영국, 2012년, 감독 : 크리스토퍼 놀란
〈닥터 스트레인지〉 미국, 2016년, 감독 : 스콧 데릭슨
〈도망자〉 미국, 1993년, 감독 : 앤드루 데이비스
〈라라랜드〉 미국, 2016년, 감독 : 데이미언 셔젤
〈라스트 홀리데이〉 미국, 2006년, 감독 : 웨인 왕
〈라이어 라이어〉 미국, 1997년, 감독 : 톰 새디악
〈레인맨〉 미국, 1988년, 감독 : 배리 레빈슨
〈마스크〉 미국, 1994년, 감독 : 척 러셀
〈말레피센트〉 미국, 2014년, 감독 : 로버트 스트롬버그
〈매트릭스〉 미국, 1999년, 감독 : 릴리 워쇼스키 · 라나 워쇼스키
〈메이즈 러너〉 미국, 2014년, 감독 : 웨스 볼
〈메이즈 러너 : 데스 큐어〉 미국, 2017년, 감독 : 웨스 볼
〈명량〉 한국, 2014년, 감독 : 김한민
〈모범시민〉 미국, 2009년, 감독 : F. 게리 그레이
〈미 비포 유〉 미국, 2016년, 감독 : 테아 샤록
〈미세스 다웃파이어〉 미국, 1993년, 감독 : 크리스 콜럼버스
〈바람과 함께 사라지다〉 미국, 1957년, 감독 : 빅터 플레밍
〈백두산〉 한국, 2019년, 감독 : 이해준 · 김병서
〈벤허〉 미국, 1962년, 감독 : 윌리엄 와일러
〈보스 베이비〉 미국, 2017년, 감독 : 톰 맥그라스
〈보이 걸 씽〉 영국, 2006년, 감독 : 닉 허랜
〈부산행〉 한국, 2016년, 감독 : 연상호
〈분노의 질주 : 더 세븐〉 미국, 2015년, 감독 : 제임스 완
〈서치〉 미국, 2017년, 감독 : 아니쉬 차간티
〈세 얼간이〉 인도, 2009년 , 감독 : 라지쿠마르 히라니
〈쇼생크 탈출〉 미국, 1994년, 감독 : 프랭크 다라본트
〈스쿨 오브 락〉 영국, 2003년, 감독 : 리처드 링클레이터
〈스타워즈 에피소드 4 : 새로운 희망〉 미국, 1977년, 감독 : 조지 루카스
〈스파이더맨〉 미국, 2002년, 감독 : 샘 레이미

〈스파이더맨 : 파 프롬 홈〉 미국, 2019년, 감독 : 존 왓츠
〈식스센스〉 미국, 1999년, 감독 : M. 나이트 샤말란
〈심야식당〉 일본, 2016년, 감독 : 마츠오카 조지
〈어바웃 어 보이〉 영국, 미국, 2002년, 감독 : 크리스 웨이츠 · 폴 웨이츠
〈어벤져스〉 미국, 2012년, 감독 : 조스 웨던
〈어벤져스 : 에이지 오브 울트론〉 미국, 2015년, 감독 : 조스 웨던
〈어벤져스 : 엔드게임〉 미국, 2019년, 감독 : 안소니 루소
〈업〉 미국, 2009년, 감독 : 피트 닥터
〈업타운 걸스〉 미국, 2003년, 감독 : 보아즈 야킨
〈에놀라 홈즈〉 영국, 2020년, 감독 : 해리 브래드비어
〈엑시트〉 한국, 2019년, 감독 : 이상근
〈엣지 오브 투모로우〉 미국, 2014년, 감독 : 더그 라이만
〈욕망이라는 이름의 전차〉 미국, 1951년, 감독 : 엘리아 카잔
〈웰컴 투 동막골〉 한국, 2005년, 감독 : 배종
〈이티〉 미국, 1982년, 감독 : 스티븐 스필버그
〈인디아나 존스〉 미국, 1984년, 감독 : 스티븐 스필버그
〈인터스텔라〉 미국, 영국, 2014년, 감독 : 크리스토퍼 놀란
〈조커〉 미국, 2019년, 감독 : 토드 필립스
〈죽은 시인의 사회〉 미국, 1989년, 감독 : 피터 위어
〈찰리와 초콜릿 공장〉 미국, 영국, 2005년, 감독 : 팀 버튼
〈캡틴 마블〉 미국, 2019년, 감독 : 애너 보든
〈코코〉 미국, 2017년, 감독 : 리 언크리치
〈쿵푸팬더〉 미국, 2008년, 감독 : 마크 오스본
〈클루리스〉 미국, 1995년, 감독 : 에이미 헥커링
〈킬러의 보디가드〉 미국, 2017년, 감독 : 패트릭 휴즈
〈패신저스〉 미국, 2016년, 감독 : 모튼 틸덤
〈프리키·프라이데이〉 미국, 2003년, 감독 : 마크 워터스
〈캐치 미 이프 유 캔〉 미국, 2002년, 감독 : 스티븐 스필버그
〈해리 포터와 마법사의 돌〉 영국, 미국, 2001년, 감독 : 크리스 콜럼버스
〈해리 포터와 불의 잔〉 영국, 미국, 2005년, 감독 : 마이크 뉴웰
〈해리 포터와 아즈카반의 죄수〉 영국, 미국, 2004년, 감독 : 알폰소 쿠아론
〈해리 포터와 죽음의 성물-1부〉 영국, 미국, 2010년, 감독 : 데이빗 예이츠
〈해리 포터와 죽음의 성물-2부〉 영국, 미국, 2011년, 감독 : 데이빗 예이츠
〈행복을 찾아서〉 미국, 2006년, 감독 : 가브리엘 무치노
〈헝거 게임 : 더 파이널〉 미국, 2015년, 감독 : 프란시스 로렌스
〈헝거 게임 : 모킹제이〉 미국, 2014년, 감독 : 프란시스 로렌스
〈헝거 게임 : 캣칭 파이어〉 미국, 2013년, 감독 : 프란시스 로렌스
〈헝거 게임 : 판엠의 불꽃〉 미국, 2012년, 감독 : 게리 로스
〈혐오스런 마츠코의 일생〉 일본, 2006년, 감독 : 나카시마 테츠야

4. 드라마

〈그레이 아나토미〉 앤 해밀턴 외 극본, 사라 피아 앤더슨, 피터 호튼 연출, 미국 ABC
〈도깨비〉 김은숙 극본, 이응복 연출, 총 16부작, tvN, 2016.12.2~2017.1.21
〈동백꽃 필 무렵〉 임상춘 극본, 차영훈 연출, 총 40부작, KBS, 2019.9.18~11.21
〈로봇이 아니야〉 김선미 · 이석준 극본, 정대윤 · 박승우 연출, 총 32부작, MBC, 2017.12.06~2018.1.25
〈미스터 션샤인〉 김은숙 극본, 이응복 연출, 총 24부작, tvN, 2018.7.7.~9.30.
〈상속자들〉 김은숙 극본, 강신효 · 부성철 연출, 총 20부작, SBS, 2013.10.9.~12.12.
〈쌈, 마이웨이〉 임상춘 극본, 이나정 · 김동휘 연출, 총 16부작, KBS2, 2017.5.22.~7.11.
〈어글리 베티〉 실비오 호타 외 극본, 리차드 셰퍼드 외 연출, 미국 ABC
〈어쩌다 발견한 하루〉 송하영 · 인지혜 극본, 김상협 · 김상우 연출, 총 32부작, MBC, 2019.10.2.~11.21. 원작 : 어쩌다 발견한 7월

지식은 모험이다 19

10대에 작가가 되고 싶은 나, 어떻게 할까?

처음 펴낸 날 2020년 11월 25일
네 번째 펴낸 날 2023년 10월 20일

글 김은재
그림 김지하
펴낸이 이은수
편집 오지명
교정 송혜주
디자인 원상희
펴낸곳 오유아이(초록개구리)
출판등록 2015년 9월 24일(제300-2015-147호)
주소 서울시 종로구 비봉2길 32, 3동 101호
전화 02-6385-9930
팩스 0303-3443-9930
인스타그램 instagram.com/greenfrog_pub

ISBN 979-11-5782-094-8 44800
ISBN 978-89-92161-61-9 (세트)

이 도서의 국립중앙도서관 출판시도서목록(CIP)은 서지정보유통지원시스템 홈페이지
(http://seoji.nl.go.kr)와 국가자료공동목록시스템(http://www.nl.go.kr/kolisnet)에서
이용하실 수 있습니다.(CIP제어번호: CIP2020047845)